霓虹重云

陈思和
宋炳辉
主编

四川人民出版社

图书在版编目（CIP）数据

霓虹重云/陈思和，宋炳辉主编.—成都：四川
人民出版社，2024.1
ISBN 978－7－220－13433－3

Ⅰ．①霓… Ⅱ．①陈… ②宋… Ⅲ．①中国文学－现
代文学－作品综合集 ②中国文学－当代文学－作品综合集
Ⅳ．①I216.1

中国国家版本馆 CIP 数据核字（2023）第 154307 号

NIHONG CHONGYUN

霓虹重云

陈思和　　宋炳辉　主编

出 版 人	黄立新
选题策划	李淑云
责任编辑	李淑云
封面设计	叶　茂
内文设计	李其飞
责任校对	申婷婷
责任印制	周　奇
出版发行	四川人民出版社（成都三色路 238 号）
网　　址	http://www.scpph.com
E-mail	scrmcbs@sina.com
新浪微博	@四川人民出版社
微信公众号	四川人民出版社
发行部业务电话	（028）86361653　86361656
防盗版举报电话	（028）86361653
照　　排	四川胜翔数码印务设计有限公司
印　　刷	成都兴怡包装装潢有限公司
成品尺寸	155mm×230mm
印　　张	14.25
字　　数	165 千
版　　次	2024 年 1 月第 1 版
印　　次	2024 年 1 月第 1 次印刷
书　　号	ISBN 978－7－220－13433－3
定　　价	69.00 元

编选说明

一、本书编选宗旨：站在新世纪回眸百年中国文学，以其艺术精品展示后人，为未来中国保留一份 20 世纪中国文学的"古文观止"。

二、本书编选性质：既为广大中文专业的本科和专科学生提供一部篇幅不大、内容精要、适合阅读学习的 20 世纪中国文学作品选，也为一般文学爱好者提供一部艺术性强，并且凝聚了现代中国知识分子美好精神境界的美文选，值得读者欣赏和珍藏。

三、本书编选范围：20 世纪文学中的优秀作品，以现代汉语创作为主，包括小说、诗歌、散文、戏剧。长篇小说和篇幅过长的中篇小说选取其最能体现作家艺术成就的精彩片段；但一般的中篇小说、短篇小说均收录全篇。篇幅过长的诗歌和多幕戏剧也采取选其精彩片段的方法。散文包括抒情性散文、议论性散文、杂文和其他相关文体，但不包括篇幅较大的报告文学和理论批评文章。一般不选入旧体诗词。

四、本书编选体例：其顺序为［1］篇名；［2］作家简介；［3］作品正文；［4］作家的话；［5］评论家的话。其中［4］选取作家本人有关的创作谈。如一时找不到的，则空缺。［5］选取较权威的评论家已发表的对所选作品的批评或就作家整体风格的批评意见。通常选一到两则。如一时找不到的，由参与本书编辑工作的有关人员撰写，但不标"评论家的话"，而标"推荐者的话"，以示区别。

五、本书编选原则：本书强调感人的语言艺术和知识分子人格力量相融合的审美标准，强调真正的艺术创造是超越时间和空间限制而永存于世的文学观念，一般不考虑文学史的需要，不考虑思潮流派的代表性，也不考虑作家在现实社会中的地位和影响。

六、本书编选方式：本书所选作品，要求选其最好的版本。若有作家多次修改的作品，应在比较各种版本的基础上，以其艺术表现最成熟的版本为准，也会参考其他版本稍作修改。

七、本书编排顺序：基本按作品写作时间的前后排列，若无从考其写作年月，则以其初刊年月为准。相同作家的作品，也按其写作或发表时间的前后排列。

八、本书初版由复旦大学中文系现代文学教研室与中央广播电视大学等单位共同编辑，陈思和与李平担任主编，邓逸群与宋炳辉担任副主编，共同负责全书的策划、协调、审读、定稿等工作。参加工作的具体人员是：王东明、苏兴良、李平、钱旭初、韩鲁华、陈利群（主要负责小说编选）；李振声、张新颖、宋炳辉、梁永安（主要负责诗歌与散文作品的编选）；杨竞人、邓逸群（负责戏剧作品的编选）。另外，张业松也参加过部分工作。本书初版由上海学林出版社 1999 年出版。

本次修订，主要由宋炳辉负责，参与者有：郜元宝、张新颖、王光东、宋明炜、段怀清、金理等。陈思和最后审定。此次修订，对当代部分做了一些调整，新增了韩松、王小波、迟子建、阎连科等作家的相关篇目。

九、我们必须声明的是，这并不是十全十美的选本，更不是唯一的经典的选本，它只是一个能够比较自由地表达编者的文学审美观念的选本，希望读者能够从中获得人格的影响和美的熏陶。对于有些地区的作品（如香港、台湾地区等），因为资料的缺乏和信息的不敏，我们并无十分的把握，难免有遗珠之憾。"作家的话"和"评论家的话"两部分，因为不能翻阅所有的资料，肯定有许多选得不甚到位。我们希望读者能给以认真的批评和建议，以便以后再版时能有所修订增补，使其尽可能地接近于完美。

主编：陈思和　宋炳辉

目 录
CONTENTS

王安忆
叔叔的故事

　　王安忆，祖籍福建同安，1954 年 3 月生于南京。1955年随母亲茹志鹃到上海。1970 年去安徽宿县地区插队，1972 年考入江苏徐州地区文工团。1978 年调上海中国福利会《儿童时代》杂志社任编辑。1985 年调入上海作协分会任专业作家。著有长篇小说《69 届初中生》《黄河故道人》《流水三十章》《纪实与虚构》《长恨歌》，中短篇小说集《雨，沙沙沙》《流逝》《尾声》《小鲍庄》，散文集《蒲公英》《母女同游美利坚》等。

我终于要来讲一个故事了。这是一个人家的故事，关于我的父兄。这是一个拼凑的故事，有许多空白的地方需要想象和推理，否则就难以通顺。我所掌握的讲故事的材料不多且还真伪难辨。一部分来自于传闻和他本人的叙述，两者都可能含有失真与虚构的成分；还有一部分是我亲眼目睹，但这部分材料既少又不贴近，还由于我与他相隔的年龄的界线，使我缺乏经验去正确理解并加以使用。于是，这便是一个充满主观色彩的故事，一反我以往客观写实的特长；这还是一个充满议论的故事，一反我向来注重细节的倾向。我选择了一个我不胜任的故事来讲，甚至不顾失败的命运，因为讲故事的欲望是那么强烈，而除了这个不胜任的故事，我没有其他故事好讲。或者说，假如不将这个故事讲完，我就没法讲其他的故事。而且，我还很惊异，在这个故事之前，我居然已经讲过那许多的故事，那许多的故事如放在以后来讲，将是另一番面目了。

有一天，在我们这些靠讲故事度日的人中间，开始传播他最近的警句。在我们这些以语言为生产的劳动者的生活里，警句的意义是极大的，好比商品生产中的资本，可产生剩余价值，又可投放市场和扩大再生产。所以，传播并接受某人的警句，是我们工作的重要组成部分。他的警句是：

"原先我以为自己是幸运者，如今却发现不是。"

恰巧在这一天里，因为一些极个人的事故，我心里也升起了一个近似的思想，即：

"我一直以为自己是快乐的孩子，却忽然明白其实不是。"

他的警句和我的思想接上了火，我的思想里有一种优美的忧伤，而我又要保护我个人的故事，不想将其公布于众，因为这是与情爱有些关系的。所以我就决定讲他的故事，而寄托自己的思想，这是一种自私的、近乎偷窃的行为，可是讲故事的愿望多么强烈！我们这些人的生活方式，就是将真实的变成虚拟的存在，而后驻足其间，将虚拟的再度变为另一种真实。现在，故事可以开始了。

他与我并无血缘关系，甚至连朋友都谈不上，所以称之为父兄，因为他是属我父兄那一辈的人。像他这类人，年长的可做我们的父亲，年幼的可做我们的兄长，为了叙述的方便，我就称他为叔叔。他们那类人倒霉的时候，我只有三岁，而当我开始接受初级教育的时候，他们中间近半数的人已经摘去那顶倒霉的右派帽子，只留下了一些阴影，尾巴似的拖在他们身后。等那阴影驱散，云开日出，他们那类人往往成为英雄的时候，我已经是个成熟的青年了。这便是我与叔叔在时间上的关系。他们那类人倒霉的真相，有的已大白于天下，有的至今还是个不幸的谜，有的很冤枉，有的很荒唐，也有的很活该。叔叔是因为一篇校刊上的文章，以一头小驴子的第一人称，描写农民走上合作化道路的过程；以小驴子从过不惯集体生活、自私自利而变为热爱集体大公无私，来反映从个体农民到公社社员的成长过程。叔叔所以采用这样的拟人化的手法，是因为他刚读过一本借来的《伊索寓言》。这文章被指责为污蔑农民是没有自觉性的驴子，并借驴子之口攻击合作化运动。我曾在三个不同的场合听到或读到叔叔复述这篇文章。其时，叔叔已成为一名讲故事的专家，叙述这样一篇小东西完全不在话下。第一次是在一个全国性作家大会的小组发言上，叔叔以他自己的经验来批判极左路线是多么有害，他说他其实是热心地真诚地赞颂合作化运动，好心却变成驴肝肺，他说他愿意滚钉板来证明他的忠诚，多年的劳改生活充满了赎罪与乞求新生的心情，犹如炼狱一般。他的苦难经历深深吸引了像我们这样的青年，我们则以我们插队的经历去吸引下一批青年，当我们被上代的经验哺育长大后再操起批判的武器，来做一次伟大的背叛，就像猫和虎的中国童话。叔叔很认真地叙述他这一篇致命的文章，做了许多注释，生怕我们不懂也怕我们看轻了它。这文章有一种刻骨的天真烂漫，令我们微笑不已。第二遍听到这文章是在某个刊物举行的笔会上，一日傍晚，参加笔会的人们走在夕照下的海滩，叔叔以自嘲的口吻告诉我们这个几乎置他于死地的小文章，他嘲讽当年政治运动的荒诞不经，多少纯洁青年的命运被这荒唐历史演绎而摆布，一个偶然的行为却可成为决定生死的事故，这便是宿命吧！他三言两语地说完文章，那文章显得既简练又富含义，展露了一个青年早期的文学才华。这篇文章第三次出现是在叔叔发表于某杂志的文学小传里，这一回已是一篇真正的伊索寓言，对当时的世界，充满了具有先知意味的讽刺，作为处女作排列在叔叔的写作历程里，使叔叔的文学生涯一开始便充满了大祸临头的灾难意味。后来我还听别人第四次说起过叔叔的文章。那是一个老奸巨猾的家伙，在改革开放的时代里，他到处声称自己是一名"漏网"的右派，所以没有戴帽完全是出于侥幸、偶然和不公平。他说他其实是一个真正的右派，叔叔则是个假的。在叔叔的档案袋里，装满痛哭流涕卑躬屈膝追悔莫及的检查，他又顺便提到叔叔的文章，说那文笔糟得呀！不如小学三年级的学生。所以成了右派，完全是为了凑数。这真正是个错划右派啊！他脸上布满了痛心的表情。这是叔叔顶顶走红的时候，几乎成为我们这些人的精神领袖，所有的人全都分成两大派，一是崇拜他的人，二是中伤他的人。所以，此人提供的情况立即被排除出考虑的范围。我只须从叔叔三次叙述中挑选一次，作为我讲叔叔的故事的材料；或者是将三次结合起来，这符合我们一贯遵循的创造典型人物的原则。我想：我选择第一次叙述中的那一个真诚的纯朴的青年，作为叔叔的原型；我选择第二次叙述中的那一个具有宏观能力且带宿命意味的世界观，作为叔叔的思想；我再选择第三次叙述中的那篇才华洋溢的文章，作为情节发生的动机，这便奠定了叔叔是一个文学家的天才命运的基石。现在，叔叔是一个什么样的人，大致可以确定了。

叔叔就这样成了一名年轻的右派。当时，他年轻得还没来得及谈恋爱，所以他和别的故事里的右派所不同的是，他没有女朋友，因此就没有人与他联手演出伤感的离别剧。他背了一个简单的铺盖卷，去了青海。去青海的这段路程，我们可从许多右派的回忆录里获得印象：大雪苍茫，车在暗夜里行驶，几临深渊而悬崖刹车，当车从峭壁下驶过时，宛如一只白色的虫蚁在千沟万壑里爬行。在他身边，有一个老人，教授模样，慈爱地问他有多大年龄，又说他和他第三个儿子一般大。当别的右派在熟睡的时候，这老人给他讲了一个俄罗斯童话，关于喝鲜血而活三十年的鹰和吃死尸则活三百年的乌鸦。当鹰尝了一口死尸的腐肉之后，腾空飞起说道：我宁可喝鲜血活三十年，也不愿吃死尸而活三百年！老人的童话在这雪夜行驶的货车里产生出奇异的效果，青年右派虽然还不能理解童话的含义，可是却被这忧伤又激昂的气氛感动了。后来，那老人与他分在农场的两个大队里，他们就再也没有见过面。这一个夜晚就像是一个梦境，却留给青年一个童话。从此这个童话就存在于他的心间，供他总结并使用其中的含义。他认为这童话是教导人们要有意义地活着，要健康的人生而摒弃腐朽的人生。他引申到他的错误，心想自己险些儿误入腐朽的人生，于是努力忏悔，恨不能脱胎换骨。可是后来在一个新的历史时期里，他开始怀疑道：什么是腐朽的人生？什么又是健康的人生呢？他想他那赎罪的半生经验是决称不上健康的，他想他半生的经验全是为了向人们证明他是个诚实的青年，这种证明消耗了他一整个青年时期，这有什么意义呢？再后来，他又想他的半生不是平淡度过，而是获得了宝贵的丰富的经验，这些经验于他日后成为一个大作家无疑是重要的财富，于是，叔叔心里充满了鹰的骄傲。

但是，当我认识叔叔之后，才知道他做右派时，去的并不是青海，而是遣返回乡，到了苏北地区的一个小镇的学校里。开头的几年是做校工。看门，打铃，扫院子，起茅厕，种学校后面的几亩菜地，还喂了一头肥猪。后来摘了帽子，便开始教书。在他成为一个传奇人物的时候，那些去青海的故事是极易产生并流传的。而所以会有那则出神入化的俄罗斯童话，大约是因为像叔叔那一代人是在苏俄文学的影响下成长起来的，"三套马车"永远是他们审美的背景。假如要编一个叔叔的夜晚，大风雪是少不了的，驿道是少不了的，如再要讲一个童话，那就只能是鹰和乌鸦的童话了。

叔叔当年所在的小镇与我后来插队的农村，地理上属于一个区域，行政上却跨了两个省份。我们的麦地连着他们的麦地，当他们的孩子入侵到我们湖里割猪草时，我们常常笑话他们有些字的发音，比如将"鞋子"说成"孩子"。当一个女孩丢了她的鞋子时，她便大叫着："我的孩子，我的孩子!"这样的趣事一个后晌便传遍了我们的村庄。我们和他们还因为争夺土地发生械斗。我是后来才知道叔叔所在的小镇就在我们邻近的，这就给我今天讲故事提供了揣测的依据。

我想，当叔叔来到那小镇不久，一场大饥荒便席卷了中国的大地。在我们村庄里，关于这场饥饿的故事流传了很多年，并且将一直流传下去。有一些人饿死了，又有一些人撑死了。这些撑死的人是在长期的饥饿之后忽然得到吃的，便暴食而死。这些吃的都是偷窃而来，或是仓库里隔年的种子，或是地里半熟的果实，假如被守仓库或看青的人逮住，便会挨打并游乡。撑死比饿死更加悲惨，他们大张着两眼，浑身抽搐，叫道"渴啊，渴"的。这时候可万万不能给他喝水，开始时并不知道，只当喝水就能救他，不想喝了水便死。后来就不给水喝了，可不喝水也还是死。那时候，我是城市里一个六岁的孩子。我记得我们城市流传着抢劫的可怕传说。于是我们便不在街上吃东西，而是带回家来吃。回家的道路总是路远迢迢和险象环生，我们紧紧拉着爸爸妈妈的大手，急急地回家。那时候，我是个幸福的孩子，我无忧无虑，我还没上小学，少先队员是我羡慕的榜样，我的命运的重闸扛在爸爸妈妈的肩上，要过很久，我的幸福才会打折扣。下乡的时候，我们跑前跑后，走东串西，要求老乡给我们忆苦思甜，他们不说则已，一说便是一九六〇年的大饥荒。这场饥荒割断了我们村庄的历史，为我们村庄留下了一群纪念碑似的坟头，每到清明时分，坟头上便顶了一块碗大的新土，就像我们城市里的一种点心，叫定胜糕。不过，叔叔毕竟是吃商品粮的居民，每月的定额基本保证供给，饿是人人必受的刑罚。镇上没有人饿死，死的是那些逃荒路过的外乡人。在很长一段时期里镇上没有猫也没有狗，都被杀吃了。镇上和周围的树皮也被放学的孩子剥光了，野菜挑完了。后来，据叔叔自己说，这一段日子倒并不难过，那时候的人都讲政策，对人也尊重，见一个右派，至多淡漠一些，倒也平安无事。至于饥饿，由于信念的支持和赎罪的心情，这一场折磨于他几乎成了安慰。他说：他像个自虐狂或者苦行僧一样，随了饥饿一阵阵袭来，便觉得自己逐渐地纯洁了。他是第一批摘帽的幸运的右派，当他第一天走上讲台，孩子们随了班长的口令全体起立，他觉得孩子们是在安慰他并且原谅他。这是我从叔叔的一篇小说中读到的，权且借来作为我故事的补充。

这时候，我该是上小学了，当老师走进教室，便随了班长的口令起立，桌椅板凳稀里哗啦一阵响。同学们私底下流传，说我们学校里有一名右派，这是一个很高级的机密，谁也不知道右派是谁。我们起先怀疑一名图画老师，因为他脸色阴沉，不苟言笑，看人的目光充满敌意。后来我们又疑心是一名校工。因他对谁都点头哈腰，笑容可掬，似乎向人们请罪。再后来，我们认定是一位自然老师，她对同学凶恶无情，将粉笔头作子弹，射击同学的头颅。我们觉得黑暗处有一双罪人的眼睛，注视着我们，使我们紧张不安。右派是我们时代最大的敌人，反革命和地主已在我们出生前消灭干净，只留在我们某一篇课文上以及一些反特电影里。最后，终于有人透露出来，右派是一位音乐老师。她雍容华贵，总是衣冠楚楚，弹了一手好钢琴，态度高傲，在学校里独往独来，没有一位同事与她做朋友。她和小学教育事业格格不入，她和社会格格不入，她为什么成了右派？后来我想，大约是她不服从大学分配。因为其时我恰好知道，我家楼上那一位深居简出的社会青年，由于不服从大学分配而成了右派。关于右派的经验就这样越积越多。这些右派都无痛心悔改的表现，至少表面上看起来我行我素。而我的故事需要有一个忏悔的过程，我不愿意我的故事太平庸，所以，我就直接从叔叔自己的小说里摘录了那样的情节——"当孩子们随了班长的口令全体起立，他觉得孩子们是在一齐安慰他并且原谅他。"

在我插队的地方，人们对老师是很尊重的，养是父母教是先生的古训流传至今。于是，先生便是和父母一样重要的人了。学生为老师干活是天经地义的事。老师那里还会成为一个文化的中心，晚上，凡是崇尚知识的青年都喜欢聚集在老师的屋里。后来，我们知识青年下乡了，我们那里便成了又一个中心，并且具有取代学校老师的趋势。我想：叔叔的学校当是一所公社中学，除了镇上的孩子外，还有四周农村的孩子来读书，他们一般是干部和家境较好的孩子。他们因为没有粮票，也没有足够的细粮好到食堂去换饭票，往往都是带馍。他们都有一个布口袋，装着芋干面或秣秣面贴的馍馍。他们多数是早上来，晚上走，每天要步行几十里的路程，只有镇上的或者特别富有的孩子才住校，到了晚上，这部分住校的学生往往就到单身老师的宿舍里聚会。就是这些学生中的一个，后来成了叔叔的妻子。

一个偏僻小镇的女学生，爱上了一个摘帽右派，一个来自城市的老师，是有许多可歌可泣的诗篇可做。其中含有一个朴素的自然人与一个文化的社会人的情爱关系；又有一个自由民与一个流放犯的情爱关系，就像旧俄时代十二月党人和妻子的故事；还有一个根深蒂固的家庭与一个漂泊的外乡人的情爱关系。这三重关系绞合在一起，可写出深刻的人性与广阔的社会背景，既有特定的现实性又有永恒的人类性。这样的故事，叔叔已经写过了，而且不止一篇。这些篇章感动人心，脍炙人口，流传极广，使叔叔极负盛名，引起许多爱好文学或者不怎么爱好文学的青年的崇拜。

关于叔叔的婚姻，是人们最感兴趣的题目，于是便也是流言最多的一个题目了。有人说那女学生痴情到了万般无奈，深夜敲门，而叔叔由于右派的阴影，只得压抑人性，将其拒绝，内心却痛苦得不行。那女学生坚定不移，不顾家人的阻挠，心诚石开，终于做成了这桩好事。有人说事情恰好倒过来，是那老师天天要学生去屋里补课，大冷的天，学生握不住笔，他就替学生暖手；另有一个版本是说老师要教学生二胡，帮助学生纠正指法。最客观的一种说法是：那女孩并不是叔叔的学生，而是学生的姐姐。学生跟老师学二胡，学出了感情，便为姐姐作伐，成全一段姻缘。那学生姐弟二人跟寡母生活，日子过得很艰难，能有一个挣工资的男人进门，显出了那学生的谋略与远见。在那镇上，那年头，大约是一九六三年吧，右派是怎么回事清楚的人不多，更何况是摘了帽的，就跟没事人一样。结了婚后，老师成了皇上，过着衣来伸手饭来张口的生活。这种传说貌似客观，却含有一股隐隐的恶意，它是企图抹煞叔叔这一经历中的所有色彩，使之平淡无光，与叔叔小说里的描写拉开了距离。后来，当叔叔离婚的事件闹得沸沸扬扬的时候，我曾有机会亲耳聆听叔叔本人的叙述。

外面传说叔叔离婚的最直接原因，是第三者插入，可是等到他离婚之后并没有结婚，这种诋毁便不击自败，烟消云灭了。由于叔叔小说中，对一位青年右派的爱情过于出色的描写，所有的人都认为这非他本人经历莫属。将小说中的主人公与作者合二为一，是当今读者最热衷的事情。于是所有的人都认定了那段浪漫的爱情故事，一定要叔叔担任男主角，并且不许卸妆闭幕。叔叔或者继续演出这段乱世情史，满足观众的需要，或者就将以前的成功的戏剧一并粉碎，破坏观众的欣赏。叔叔先是选择前一种做法，因不堪负重，败下阵来，做了后一个逃兵，遭来人们的怨恨。一种受了欺骗的情绪在群众中可怕地蔓延，似乎货物出门便百事不管，挣了名声就卸了责任，有一种过河拆桥的不仁义的味道。然而，失望的情绪转眼被好奇心理取代。离婚是最富吸引力的新闻。叔叔的知名度再一次增长，一夜之间，谱写了明星逸事。这时候，叔叔又参加了一个笔会。那时候，笔会是非常多的，开完了这个开那个，笔会已成为我们生活的一部分。大家见面，免不了要问起此事，尤其是一批女性，她们心里暗暗地期望能够进入叔叔新的浪漫剧中，即使是担任一个配角。这些女性的年龄层次从四十五岁到十八岁，囊括了整整两代人。叔叔说他的婚姻是特定历史条件的产物，带有时代的烙印，作为审美许有欣赏的价值，现实中却有无数的困难。他说在他无家可归的日子里，妻子收留了他，以她的情爱哺育了他孱弱的身心。如今他健壮了，便要离家远行，这确有一股忘恩负义、背信弃义的味道，可是使生命力衰竭则是更大的不道德和不人性。我们就问他妻子对离婚的态度，我们习惯以叔叔小说中女主角的名字称呼叔叔的妻子。叔叔回答，她只说：人在危难时，就当拉一把，人有了高远的去处，则当松开手。他妻子的回答使我们叹服不已，人人脸上都有愧色。

我们相信叔叔是经过了痛苦的思想斗争才跨出这一步的，我们也相信叔叔的婚姻至少在那时候是美好的。没有一件事情是永恒的，都是阶段性的，尤其是爱情。所以，我想，事情确是如叔叔小说中所描写的那样了。但是，离婚的理由却不是那样简单，这理由甚至超出了叔叔自己的理解。所以被我知道是因为一个心理的契机。这是一个心理的原因，在整个故事中起着承前启后的作用，而现在仅仅是开头。

在叔叔结婚的第二个春天，便有了一个儿子。这一段日子是叔叔平静美满的时光，其实却是灾难来临前令人陶醉的假象。叔叔在屋前种了喇叭花，屋后种了一小片油菜，油菜花开的季节，就飞来此地罕见的淡白的粉蝶。在这段日子里还发生过一个小小的事件，最后所以没有酿成大祸，全归于妻子对叔叔绝对的信赖和博大的胸怀，可是这却为以后的灾难埋下了伏笔。这个事件的材料，来源于一年之后的"文化大革命"中，叔叔铺天盖地的大字报以及揭发材料，还有叔叔档案袋中一小份思想认识，是被那位"漏网右派"捅出来的。他到处讲右派的坏话，分明是吃不到葡萄便说葡萄酸。便由于工作的关系，他却能接触第一手资料，所以有时候我也用他得着。这是叔叔绝口不提的事件，也从没在小说中写过。或许这仅仅是一个污蔑和谣言，属于"文化大革命"中许许多多莫须有事件之一。可是它对于我的故事非常重要，如果没有它的话，我的故事便失去了发展的动机。因此，我必须使用这个也许是无中生有的材料。它是一件猥琐的小事，于叔叔伟大壮烈的苦难有腐蚀的作用。可它却使痛苦与灾难变得真实和具体，不仅仅是一种风格化的装饰。它像一枚钉子那样，将痛苦敲进人的身体，使之刻骨铭心。

我想，那是在一个夏天的夜晚，蛐蛐儿在墙角里歌唱。叔叔对妻子说：我要去学校一趟。然后就走了。他去学校是因为他的一件什么东西忘在了办公室里，这件东西一定是非常重要的，否则他就不必要晚上去拿，而等不及到明天早上。不过，他并没有和妻子说这些，他只说：我要去学校一趟，然后他就走了。学校离家不远，隔了一条常年干涸的小河，再走过一条小路，路两边的人家，院子里种了向日葵。这正是向日葵结子的季节。这是暑假的第一周或者是第二周，校园里静悄悄的，蛐蛐儿的歌唱更加洪大和响亮。当叔叔穿过白杨树影里的操场的时候，那气氛一定是非常静谧的。这气氛里有一种力量打动了叔叔的心，使他走进办公室之后没有立即去找他特地来取的东西，而是从墙上拿下一把二胡，开始拉一首忧伤的曲子。住在学校附近的人都听到了这琴声，他们说：听，先生又在拉琴了。先生拉了一段就不再拉了。这时月亮也升起了，将小河里的积水照得一片一片晶亮。忽然间，这静谧被打破了，空气里起了一团骚动，人人都有些不安，觉着在这镇上的某一处，正发生着一件不寻常的事情。人们从屋里走到门外，望着月光如洗的地面，等待着即将发生或者已经发生的事情走过他们的门口。有性急的人已经离开家门，四下里跑了几步。这个小镇在它长久的静谧中培养了一种超然的警觉，它能辨别出每一丝不寻常的气息。这时候，从学校的方向，传来一声尖锐的狗吠。人们顿时紧张起来，血液涌上了头，不出所料，果然出事了。小镇上的居民对于非常事件的预感从来不会有错。有人低低地呼唤一声，然后一齐朝狗吠的方向奔跑过去，沓沓的脚步声好像镇上突然聚集起一支军队。男人们在奔跑，女人抱着孩子站在门口，目送他们远行。这样的小镇是不可侵略的，这里万众一心，草木皆兵。沓沓的脚步声朝了学校的方向过去，学校的门开了，月光如镜的操场上霎时间站满了人。在重重包围的中心，站了叔叔。叔叔的衣领已被撕碎，脸颊上留有巴掌的印痕。他的胳膊一左一右被两个男人揪住，那两个男人还在朝他脸上吐唾沫。叔叔的脸色苍白，眼神惶乱，他的膝头打着颤，他想说话却说不出声。那一大一小两个男人押着他朝前走，人群让出一条道路，组成人墙，挟持着他们通过。叔叔神志有些糊涂，他不知道这是要往哪里去。由于被那么多人注视而感到窘迫，他便微微红了脸，露出一丝羞怯的笑容，于是遭来人们愤怒的辱骂：瞧这婊孙，还有脸笑，操他八辈子的祖宗啊！不知是哪个孩子带的头，孩子们开始朝他扔石块。石块如雨点一般朝他飞来，他不由埋下了头。可是一阵屈辱袭来，他又奋力昂起了头，就有石块击中了他的额角，流下了鲜血。鲜血使他的脸看上去可怕又可怜，人群沉默了一刻。人们认得押他的两个男人是他一个学生的父亲和哥哥，这学生是这小镇上一枝花的人物，照规矩已是待嫁的年纪，所以还来上学全因为娇宠任性，要找个有趣的玩处。这时，女学生已经不知去向，这晚上所发生的事情则一清二白，小镇居民的想象力是非凡的。老师被押到校门口，徒然地在原地转了一个圈，因为学生的父兄这时也有些糊涂，不知应当何去何从。就在他们困惑的时候，人群中突然钻出一个人，扑上前去，伸手便在那父亲脸上掴了两掌，骂道：你个婊孙养的老不死的！

出场的是老师的妻子。老师的妻子掴完学生的父亲的嘴巴，又一头撞在学生的哥哥的胸上。两人不由松了手，她便将老师拉到身边，以极迅速的动作扯下老师的一片衣襟，裹住老师头上的伤口，转眼间，老师便成了一名挂花的英雄。老师的妻子双脚一跺地，连珠炮般地说道：你还当你养了个贞女，你原是养了个婊子，勾引男人是她的一手绝活，难道你们还不知道？她又很刻毒地说：你若不知道，为什么也不打听打听，这里的男人可都知道你闺女！她是送上门的货，她是烂了帮的鞋，她是骚狐子投的胎，她是窑子里下的种！老师妻子的咒骂可说是骇世惊俗，震天撼地。她不怕如此糟蹋一个没过门的闺女伤了阴德，世上最恶毒最肮脏的字眼从她嘴里源源而出，滔滔不绝。她的声音又脆又亮，每一句都有石板定钉的效果。这样的咒骂进行了三天三夜，她堵到那学生门上去骂，在赶集的日子里站在人最多的街口去骂。她以她语言的强悍击败了对方，扭转了局势，拯救了叔叔，可是却也种下了祸根。

那天晚上究竟发生了什么？知道真相的人有这么一些：老师，学生，老师的妻子，学生的父亲和哥哥。可是出于各自的原因，谁都不说，都隐瞒了实情。而到了日后，这事情再一次爆发，则是由另一些人，出于另一种用心而一手挑起的了。人们虽然有无数种猜测，可是老师妻子的恶言恶语压制了他们的口舌，他们只敢在私底下窃窃而语，绝不敢进行传播。老师妻子的恶语似乎能置人于死地，谁也不敢以身相试。人们想，这是一户外来的人家，无根无攀，于是也不怕得罪祖宗，也不怕来世里上刀山下火海，就什么事都干得出来了。这一场风暴在那时是抑制下去了，那个夜晚留在人们记忆中，神秘而不可测。老师和学生两个家庭，共同地守护着这一个秘密，谁也不泄露一点。后来所揭露出的所谓真相，其实都是当事人被逼不过做的假供，以及旁人欲加之罪何患无辞的杜撰。

然而不管怎么说，叔叔那一晚是大大地丢了丑，在很长的日子里，他抬不起头。他行动举止有一点猥琐，言语总是嗫嚅着，不清楚也不果断。从此，他再不拉二胡了，在放学以后的时间里，再也不去学校。他下了班就直接回了家，抱着孩子。人们走过他家，有时候就看见他抱了孩子坐在门口的板凳上。他还变得有些怕老婆，唯唯诺诺的，被老婆使唤着，还被老婆的母亲使唤着。他每个月的工资，一分不剩地全交到这母女两人的手中，他甚至戒了烟，也不常喝酒。他身上总是穿着那几件旧的衣裳，很少添鞋袜。他还变得有些邋遢。有时候，他的妻子会当了人面数落他，说他马虎，凡事都不在意，不换衣服，其实新衣服就在柜子里，却不爱换，只爱看书。在那些日子里，看书成了叔叔唯一的嗜好。他的妻弟，也就是他过去的学生，在县里读高中，每个周末回来，都从图书馆给他借来书。读书的时候，叔叔的心境是平静和愉快的。当他在灯下静静读书的时候，他妻子的心境也是平静和愉快的，一针针哑啦啦地纳着鞋底，看着他魁伟的背影猫似的伏在桌上，感到彻心的安慰。她想她降住了一条龙，喜气洋洋的。她温柔地想：我要待你好，我要一辈子，一辈子，一辈子地待你好！这样的夜晚总是很缠绵，直到东方欲晓。这样的日子平静地过去了一年光景，与以后的灾难的日子相比，这称得上是幸福的生活了。

关于叔叔和妻子的关系，我已进入了主观臆想的歧路。这几乎和所有人的想象都不一样，和叔叔自己从小说及平时言谈中透露出的信息也很不一样。没有人能提供我可靠的材料，夫妻间的私事只有他们自己知道，且谁也不会作真实的表达。这一段材料的空缺只有靠我的想象去填补。我填补的方法大致是这样：在两个基本属实的已知的情节之间，设计一个最合理因而也是最简捷的过渡，好比在两点之间最紧密的连接是一条直线。困难在于要准确判断已知情节本质的内涵和走向，这是设计简捷合理过渡的重要前提和根据。但是，偏差是难免的，尤其当我使用的材料都是那么模棱两可、歧义丛生。那天晚上的事故一定有着深不可测或者平白可话的原委，要从一个小镇上简单又微妙的人事关系中去揣度个中原委并非不可能，可是事情已过去这么长久，人们的印象与认识又都充满谬误，外查内调的时代也已过去，我坐在我的书桌前讲故事，有一些来龙去脉便只得省略了。而我已经完成了开头的段落，讲到了这里，回头的道路是没有的，我只有沿了我的想象继往开来，将故事进行到底。

就这样，叔叔有一度成了妻子的大宝宝。在这个家庭中，除了上班挣工资这一桩事，没有别的需要负责。他的一切，除了思想而外，全由妻子负责管理。他每日下午回到家，就抱了大宝——大宝是他们儿子的名字——他抱了大宝坐在门口，喇叭花开了一度又一度。他和大宝两个坐在黄昏的喇叭花下，两人都不说话，静悄悄的。他没什么要和儿子说的，儿子视他也如陌路人一般。等屋里两个女人弄好晚饭，天色便也黑了。晚饭以后，妻子就将窗前的书桌整理一下，对叔叔说：看书吧！叔叔就坐到书桌前看书了。日子就这样一天一天地过去，在几百上千个这样的日子里，会有那么一天，当叔叔的妻子对他说：看书吧！叔叔突然地勃然大怒。他抬起胳膊将桌子上的书扫到地上，又一脚将桌前的椅子踢翻，咬牙切齿道：看书，看书，看你妈的书！看他横眉瞪眼的样子，似乎面前的书桌不是书桌，而是牢笼了。开始，叔叔的妻子惊呆了，吓坏了，因为她没有想到叔叔还会有这么大的火气，且又发作得很突兀，便不知说什么好。可是她仅仅只怔了一会儿工夫，就镇定下来。她不由得怒从中来，她将大宝朝床上一推，站到叔叔跟前，说："你有什么话尽管直接说，用不着这样指着桑树骂槐树；这个家有什么亏待你的地方，你如不满意尽可以走；烧给你吃，做给你穿，我兄弟借书给你看，我妈这么大岁数给你带孩子，你有什么不满意的？你摆什么款儿？你拿上你的东西走好了，现在就走！"叔叔没有说话，像一头累苦了的牛似的呼哧呼哧喘着，两只手捏成了拳，关节捏得发白。叔叔是个敏感的人，他从这话里一定听出了两重意思：一重是他是这个家庭的受惠者，这个家庭收容了他；二是如他要离开这个家，他所能带走的仅是他自己的东西，也就是说，这个家里没有一点属他所有的东西。这一刻里，叔叔所受的震动是极大的，因他已经沉溺在这小家庭中很久，将鹰和乌鸦的童话埋在了心底，日常生活的温暖剥蚀了他的理想，使他越来越深地蜷缩进这避风的港湾。而在这一刻里，他发现了事实的真相，他发现他原来是一个一无所有的人，寄居在人家的屋檐下。他就站在那里无声地哭泣起来。像他这样一个身体魁伟的男人，一旦哭泣起来，可使人肝肠寸断，心如刀绞。他的流泪好比是流血一般，如不是真的心痛，是决不能哭的。叔叔的妻子被他的眼泪弄得心痛万分，由于心痛又更加气恼，她说：你哭算什么本事，我也会哭的！说罢真的泪如泉涌。孩子缩在墙角却不哭也不闹，静静地烦闷地看着这个场面。他脸上时常有这种烦闷的表情。叔叔哭了一会儿，就弯腰把扫在地上的书本拾起来，一本一本地摞在桌上。然后，他就坐下来看书了。叔叔的妻子便也不再多话，退回到床沿坐下，做她的针线活。她做着做着，就抬起脸望一望叔叔的背影，心里想道，他在想什么呢？她第一次关心叔叔心里想的东西，微微有点不安。在那时候，她就已经敏感到叔叔的思想于她生活的威胁。这一晚上其余的时间里，叔叔都沉默着，很晚很晚还不上床。她没有催促他睡觉，他也没在惯常的规定时间里睡觉。他的灯在这沉寂的小镇上亮了很久，在天亮之前格外黑暗的时间里，人们以为这是一颗启明星。这是在很多很多正常的日子里一个稍稍特殊的日子，可是这决不妨碍叔叔和妻子这一段生活总体上算得幸福，就如叔叔小说中所描写的那一个青年右派的婚姻一样。

还应当设想一下叔叔和孩子大宝的关系，这于故事的发展和结束有着至关重要的意义。孩子出生时，叔叔正在教室里上课，当人们来叫他，他告了假走在回家的路上，他对自己说，假如在路上遇到一个女孩，那就是生女儿；假如遇到的是个男孩，则生儿子。他不知为什么心里暗暗企盼遇到个女孩。在这条短短的回家路途中，他的美梦已经做开了头，他想他的女儿应当有一双什么样的眼睛，一张什么样的嘴，应当扎什么样的小辫，应当穿什么样的鞋袜。后来，当西方各种各样的心理学传到中国，中国也开始建设自己的有东方特色的心理学科的时候，人们分析说，这类现象其实是一种隐秘情结的下意识反映。他所设想的女儿的形象其实正是他梦中的爱人。所以，后来，当他得知落地的婴儿是个男孩的时候，他不由地生出一种失恋的心情，深深地失望了。从此，他对这个男性婴儿总有一种生分甚至敌意的感觉，好像一个外人侵入了他家，并且将他的家人驱赶了出去。这样，他和儿子的那种长久的疏远的感情便在此得到了解释。这时候，正当他走在路上等待一个女孩出现，来到跟前的却是一只肮脏的老羊，长长短短的毛上沾了一些野草的草籽，散发出腥臭气味，把他的好梦打断了。孩子是在日落的时分降生的。

后来，叔叔曾经回想并考察那孩子降生的时刻，不知是凶是吉：火红的硕大的日头冉冉而下，一个男孩呱呱落地了。这情景有一种壮丽的令人心颤的含意，在后来的回想中，叔叔曾经饱含了热泪，可在当时，他只是想：是男孩还是女孩？人们欢天喜地地向他报告一个男孩的诞生的喜讯，他却在悼念他失去的那个女孩。那女孩在他回家的途中已孕育成熟，却夭折了。他甚至有些悲哀，望着那啼哭不止的男孩，他想：这婴儿和他有什么关系呢？由于他从开始就没有认同这个孩子，所以后来就一直视他为路人。当这孩子长到会说话的时候，他听这孩子的口音是与他妻子、岳母及妻弟一样的本地人口音，与他的口音绝不相同，他便更生出了排斥的心情。他本来给这孩子起了一个特殊的名字，可是妻子和妻子的母亲却另外起了小名，"大宝""大宝"地叫个不休，原来的名字倒忘了。他想：大宝是谁家的孩子？他不知道大宝是谁。

大宝最绚烂的时刻，随了他的降生而逝去，后面全是暗淡的路程，这大约就是他降生的那一幅日落景象的启示。这是叔叔后来多次回想与思考的果实，那是在他已经成为一名著名的作家的日子里，他和大宝及大宝的母亲分开生活了。当他自以为已经安全，不必担心大宝对他的侵入，他与大宝的关系再不需负起亲情和责任的重担，在他们父子解约的日子里，他以一个思想家和艺术家的兴趣和心情，才去想大宝的诞生和道路。可是大宝却将发起第二次侵略，这第二次侵略将严重损害叔叔的人生。

如不是后来的变故，也许叔叔还会有一个女孩，这女孩也许会缓解他与大宝紧张的关系。可是因为后来的事情，这女孩始终没有来临。后来的事情便是人人皆知的"文化大革命"。"革命"使沉睡很多年的小镇苏醒过来。小镇上的每一天，都像是过节一般，免费观看喜剧和悲剧。剧中凡是倒霉的角色，大家就都推举与他们关系疏离的外乡人来担任。在这些戏剧中，最吸引人们的自然是那些带有猥亵意味的隐私性质的情节。叔叔是个极好的人选，在运动开始不久，他便被推上了舞台。在批判摘帽右派的幌子下，对两年前那件奇异的往事进行了追究。叔叔被隔离在学校茶炉旁边堆煤的小屋里，接受审查和批判，不许家人探望。学校和镇上的造反派一起组成调查组，重新审理这个案件。他们寻找当时住在学校附近的人们谈话，寻找叔叔的家人谈话，一定要他们回想两年前的那个夜晚，那个夜晚在人们的回想里显得越来越不寻常。他们还不远万里，跑去找那个事发一年后嫁到新疆建设兵团的女学生外调。无奈那女学生拒不见面，经再三请求见了面后又拒不回答问题。无奈她丈夫是兵团里正掌权的干部，就不便逼得过紧。女学生已做了母亲，身上又怀了一个，脸上布满了褐色的孕斑，憔悴不堪，见了家乡来的人便流泪不止，使他们不免也鼻酸起来。两年前的事故就像一个谜，令人百思不得其解。他们悻悻然又怅怅然地回到小镇，在各方面收罗来的零星材料的基础上，开动了想象力，竟完成了这样一个故事。

他们说：这其实是一件阴谋，策划者是叔叔和他的妻子。他们陷害那女学生是为达到将她赶出家乡的目的。因为叔叔原先就与这学生有一段瓜葛，凡是在校的老师同学其实早就有所察觉。这段瓜葛继续到他结婚以后，还若即若离，藕断丝连。叔叔的妻子看在眼里，记在心里。那一晚上，叔叔说他要去学校一趟，她其实是知道他别有用心，却只装作不知道，也不多问。等他走后有半晌工夫，她来到那学生家中，说找学生借个东西，明日一早就要用。学生的母亲说，让她兄弟去找她回家。叔叔的妻子就说：要找到她，累她上我家来一趟，我家有奶孩子，不等在这里了，说罢转身走了。她兄弟原以为妹妹是在要好的姊妹家玩耍，可找了几家却都说没有见着，这一来就有些疑惑，因在平时他妹妹确有一些不好的传闻，家里人也关上门揍过几回。这样，他就回到家中，把情形一说，他父亲便和他再一次出门找了。当他们几乎找遍了镇上的大沟小坎，终于找到学校里来的时候，就发现了最最不忍卒睹的一幕。不料叔叔的妻子先声夺人，使得形势大变。以此来看，叔叔是个大恶不赦的摧残女学生的流氓右派，而叔叔的妻子则是一个包庇者和帮凶，必须共同批判。那次批判会是小镇盛大的节日，学校的操场上人山人海，水泄不通，有一些人是从邻近的乡镇赶来。人们在操场上等待了很长时间，开幕不断推迟，到了一点推两点，到了两点推三点，人们耐心而焦躁地等待着，这一刻终于来到了。那是叔叔和妻子在分别半年之后第一次见面。他们分别时是盛暑，现在已是严冬。他们两人从左右两侧被推上学校昔日的领操台。他们被人按低了脑袋，互相只看得见膝盖以下的部分，叔叔没穿袜子只穿了单鞋的双脚，长满了冻疮，又红又肿。当他们有时被揪了头发抬起脑袋回答问题时，却又避开去看对方。他们感到羞愧难当，他们不曾想到做人还会有这一课，他们想：做人有什么意思呢？有一刻，会场非常安静，能听见鸟在天空清脆的啁啾。

这是惊心动魄的一幕，当丑闻在光天化日之下揭露的时候。冬天的阳光有些苍白，寒气渐渐袭人。高音喇叭在人们空阔的头顶上回荡，人们耐心地聆听着，长久地踮起脚尖或伸长脖子望那对男女。他俩成了人海中的两只漂浮的虫蚁，被捉在这一具土台上示众。这一幕场景来源于叔叔的传闻。有了解叔叔过去的人，眼见叔叔成了明星之后，出于感慨或是羡忌，就将这一幕景象一传十、十传百地传开，在叔叔背后叽叽哝哝，窃窃私语。在传播的过程中难免走样，会有一些加油加酱，会增添一些有助于流传的刺激性成分，就像文艺作品的商品化倾向。而由于这一场面的丑陋、残酷与痛心，从未有人胆敢去问叔叔，当面向他核实。人们所认识的叔叔魁伟而尊严，拥有崇高的痛苦，无法与这猥琐羞辱的伤害联系起来，在他跟前，有一丝联想都是不应该的。而我固执地选用了这一个以讹传讹的流言，为的是这提供给叔叔后来的离婚一个最有说服力且最深刻的理由，这理由就是，他要将这小镇从他历史上一笔勾销，而妻子是这历史的一个旁证，他必须消灭这旁证。这小镇将他一生的尊严都亵渎了。有了这小镇，他再也无法像人那样做人了。这一段做狗做猫做虫蚁的历史，将他一整个人的历史都破坏殆尽，为他的一生敲了丧钟，他决不允许它的存在。

所以，在那一刻里，当高压电流从空中湍湍而过，当鸟的啁啾清脆婉转，叔叔便丧失了神志。他茫茫地只来得及想一下：这是在做什么哪！便成了一根没有意志没有思想的木头，他站在那里，听着人海低沉的呼啸，肩背上挨着老拳，他甚至还微笑了一下。紧接着，他觉着腿弯处遭到突兀而有力的一击，他扑通一声，趴在了地上。这时候，他却被唤醒了，听见有人声嘶力竭地喊他的名字，是他妻子在叫。他这才发现自己的额头在往下滴血，殷红的血在灰色的沙土上很快地积起了一摊。妻子以惊人的力量挣脱了两个男人长大的臂膀，趴到了他跟前。他抬起眼睛看着妻子，叔叔的眼睛这时候分外明亮，他又微笑了一下。他想：他们这会儿聚首啦！在孤苦的囚禁中，叔叔无数遍地憧憬过和妻子聚首的情景，他想起妻子对他的般般好处，想到过去的时光是多么美妙。然而，在这一刻里，他只想着赶紧和妻子分开。他觉着，这样的夫妻相会太令人难堪，无法忍受。他拧过脸不去看她，脸上却挂着那个无名的微笑。他很感激那两条大汉，他们立即从他身上一左一右拉开了妻子，他这才轻松下来。妻子的哭骂声从很远的地方传来。这女人是比叔叔更能引起人残酷虐待的欲望的，她立即挨了揍。她是那样暴跳如雷，骂不绝口，拼力挣扎，人群中掀起波涛般的骚动，唏嘘一片。一幕戏剧到了最最激动人心的高潮处，太阳也就下山了。

妻子对叔叔的忠诚，在这一事件中，证明是不容怀疑的。本来造反派是要争取她的同盟，可她毫不考虑便大骂出口。将她押上历史舞台，实是出于不得已，造反派们这样想。她将叔叔视作自己的生命。在对叔叔的爱的面前，她的自尊心，她的羞耻感，全都迟钝了，只有这爱是灵敏的，活泼的，力量无穷的。这是她与叔叔不相同的地方，叔叔视光荣如自己的生命。

这场悲天撼地的戏剧结束在日暮时分，半月以后，叔叔便被放回了家。在那最最激动人心的演出之后，所有的场景都变得平淡无奇。叔叔这一个角色算是告一段落。而整个小镇在那惊世骇俗的场面之后，也平静下来，过了一段无风无浪的日子。

经历了这些之后，叔叔和妻子的关系会获得什么变化呢？人们认为叔叔和妻子的感情增进了，他们成了一对真正相濡以沫的患难夫妻。所以，当叔叔日后要求离婚的时候，遭来了白眼。叔叔成了背信弃义的典范，所有的人都在骂他忘本。故事如果这样发展，难免落入俗套，成了一个道德训诫的故事。这样的故事，我想应当留给别人去讲，我要讲的故事是关于叔叔的痛苦方面，或者快乐方面的经验。因我以为人性最崇高的境界是欢乐的境界，快乐是比欢乐低一个级别。快乐还含有人感官方面的愉悦，但已经相当接近欢乐的最高境界了。欢乐是人的灵魂所能获得的最高愉悦，灵魂在最终获得愉悦的路途中，要经历些什么呢？历代的哲人相继歌颂欢乐，于是作为欢乐对立面的痛苦便也成为世世代代永远不衰的主题。痛苦由于是与欢乐对峙，因而也是一个崇高的境界。我却不知道像我们这些错过了古典主义和浪漫主义时期的末代子孙，是否有资格和可能接触痛苦与欢乐这样崇高的题材。人类的文明已创造出上万种互相践踏和自我践踏的刑罚；在伟大的历史记载中，个人的命运只是短暂的瞬间，草芥不如。我们的痛苦是那么卑微，那么毫无价值，简直称不上是痛苦，我们的快乐则只是苟且偷欢，过眼烟云，简直也算不上是快乐。我们是猥琐而卑贱的人们，我们自相残杀，将白刃与红刃见于鸡毛蒜皮的琐屑摩擦之中，我们有无脸面写痛苦和快乐的故事？所以，也许我关于叔叔的故事，从根本立意上就是不存在的。我苦心经营一个不存在的故事，是为了什么？故事其实全都起源于那一天的一个突然的认识，一个人造成了我心如刀绞的经历，我想："我一直以为自己是快乐的孩子，却忽然明白其实不是。"从此，我常常在想"快乐"这一个力所难及的事情。然后，我就向叔叔借来一个故事。从现实出发，我只选用"快乐"这一个稍稍低级的题目，使我不致彻底失败。这是我第二次在叙述故事的起源，以后还将有第三次的叙述。

从我叙述的初衷出发，在经历了那一场患难后，叔叔觉得这婚姻和爱情不堪忍受。他觉得婚姻非但没有像通常所说的那样分担他身受的屈辱和不幸，反而加剧了这屈辱和不幸，并且使这屈辱具有了形式的外壳，永久地保存下来，没有遗忘的可能了。可是这只是叔叔灵魂上的看法，他的肉身上，却有许多有求于婚姻的地方，比如安全感，比如温饱，比如性欲。而且，为了使自己忽略灵魂的抵触，叔叔有意无意地夸大，强调，扩张他肉身的需要，使这需要成为第一位的，与生存联系起来。这是一个灵魂的休息的时期，叔叔变成了一个肉欲主义者，他变得贪得无厌。他学会了喝劣质的白酒，用报纸边缘卷粗劣的烟丝吸，到了夜里就力大无穷，花样百出，使得妻子彻夜无法安眠。他甚至学会了本地男人特有的传统本领，就是打老婆。开始，他是在自己屋子里打，关了门，不许老婆哭叫出声。后来，越演越烈，他们开始打到院子里来了。再后来，就打上了街。当人们看见叔叔手里握着一根拨火棍，满街撵着哭嗷嗷的女人，就好像撵着一头不肯回窝的母猪，这时候，人们便从心底里认同了叔叔，把叔叔看作是小镇上正式的居民。他们用他们那种亲昵而不无猥亵的语言议论和嘲笑叔叔，原先一个城市文化人在他们心目中那种又敬畏又排斥的地位，如今荡然无存。叔叔还学会了骂仗，这往往用于和他岳母之间。当他岳母刻毒地骂他"右派分子"或者"流氓分子"的时候，他便更为刻毒地骂岳母是"克夫命"和"绝子命"。有时候，他喝了酒，就骂骂咧咧的，说她们母女三代都是他养活着，几乎将他的血榨干了；他说他的婚姻简直就是一口陷阱，或者是一个圈套，他是永无翻身之日了；他还说他女人将他当作囚徒，为了她们的生计而使他失去自由。叔叔渐渐有些胡作非为，飞扬跋扈。他在家的时候，家里的气氛就分外紧张，大人孩子噤若寒蝉。

也有他喝了酒反比较清醒的时候，这时候，他就捶打自己的脑袋和胸膛，骂自己不是人，没有本事和社会抗衡，与命运斗争，只能来欺侮女人，他是个窝囊废，孬种，他不再说这家庭榨他的血汗，反骂自己害了这家庭，使她们蒙受了羞耻和苦难。女人忍不住去劝他，他倒又变了脸，狰狞可怖，他使得凶悍的女人见他都怕了三分。这是他在家里的表现，到了学校则又变了一个人似的。他随和，谦虚，很好说话；如有人当面说了令他难堪的话，他也作听不见或听不懂，他还很会附和别人的意见，人们无论说什么，他总说"对，对，对"的。在后来的每一次运动的浪潮中，比如"清理阶级队伍"，比如"一打三反"，比如揪出"5·16"，他的问题总要被旧话重提，再来一番批斗，可是这已远远不能刺激小镇的居民了，甚至对叔叔也没有强烈的刺激作用了。他走过糟蹋他的大字报前心里很平静，还有心情去欣赏上面的漫画。叔叔已变得麻木不仁，并且得过且过。

叔叔曾在小说中写过一个青年右派的自杀，他写他自杀的方法是利用煤气，最后煤气从门缝和窗缝弥漫出来，唤来了人们。这透露出一个信息，暗示我这是一次想象的自杀事件。因为在内地小镇生活了许多年的叔叔，对煤气一无经验。即便是在他曾经生活过若干年的那座中型城市，使用煤气也是近十年之内的事情。煤气自杀是一种都市化工业化的自杀方式，带有蒸汽机时代的特征。我估计这是叔叔从旧俄时期的小说，比如陀思妥耶夫斯基的小说中得来的自杀经验，还有就是那些后来公布于众的发生于中国大城市的悲惨事件，有一个著名的诗人死于煤气，还有一个才华横溢的钢琴家死于煤气，这大约也给叔叔以启发。在叔叔那样的小镇上，人们用于自杀的方式往往是跳井或者喝"一〇五九"之类的农药，像恬然长逝于有毒的烟雾之中这样优美的叫后人痛心的死法是绝少的。从中我得出两点结论：一是叔叔确想过自杀这一回事，二是叔叔向往的自杀是一个美丽的自杀。接下来的问题是，叔叔是当时想过自杀，还是后来？假如是当时想过的，又是什么原因使他放弃了这个念头？我想，在那灾难的日子里，想到死是很自然的事，所以我们不应当排斥叔叔是想过自杀这一桩事的。但是从叔叔所描写的自杀形式上看，则又感觉到叔叔与自杀这一件事的距离。叔叔是站在一个审美的立场上来写这一个自杀事件，这又不是当事人的态度了。叔叔将那个青年右派的自杀写得那样飘洒，使他能够从中得到两种享受：一是殉身者自我表现的满足，一是旁观者欣赏的满足。这是真正临了自杀的人难以顾及的效果。所以，我们现在至少可以断定，如小说中那个自杀事件，并不来自于叔叔的经验。那么，叔叔自己的关于自杀的经验是什么呢？没有关于叔叔自杀的传闻。因此，至少是叔叔没有明显的自杀行为。叔叔本人没有提供给我们这方面的任何材料。于是我想，叔叔在当时，没有强烈的自杀念头。这判断还根据这样一个事实，那就是叔叔当时的处境还没有到达绝境。叔叔没有将自己那颗敏感、娇嫩、高傲、易受伤害的灵魂逼到绝路上，他让它中途就开溜了，而人的肉体可说是百折不挠。抛开灵魂不说，叔叔肉体的待遇还可说是比较好的，至少温饱无忧，至少性欲得到满足，再进一步，叔叔苦闷的心情也最终在打老婆骂岳母的活动中得到了有效的发泄。这说明叔叔具有比较强的自我调节能力。叔叔有极自觉的生命意识，他在灵魂上将自己放逐了。他没有灵魂的羁绊，保存了肉身，以待日后东山再起，魂兮归来。叔叔潜意识里，其实一直不相信灾难会是永恒；叔叔在潜意识里一直等待着苦尽甘来，祸福轮回、否极泰来的辩证思想根植于叔叔的世界观中。这就是支撑叔叔活下来的最重要条件。当然，还有一种可能，那就是叔叔确曾发生过未遂的自杀事件，却被他深深地缄默掉了，因为这事件没有美感，因为这事件腐蚀了崇高的情感。叔叔的审美从本质上说，是一位古典浪漫主义者。

那么就让我们尊重事实，就是说，叔叔没有自杀，他想：只要活下去，总归有希望；他想：总有一天，我会来拯救灵魂；他还想：他妈的好死不如赖活着。鹰和乌鸦的童话他压根儿忘了，或许，鹰和乌鸦的童话压根儿不是发生在他初当右派的年代，而是在远远的以后，我们同样没有根据说鹰和乌鸦的童话是发生在以前。所有会摧毁叔叔活下去的信念和勇气的童话，叔叔都下意识地回避，所有会唤醒叔叔骄傲和脆弱的灵魂的故事，叔叔全都装作听不见。生的意志是很顽强的。他使自己麻木，迟钝，粗粝，像动物一样，对生存持极低的要求。所有敏感，骄傲，灵魂不肯妥协和圆通的人都自杀了。那个岁月里，自杀的人成千上万。我就是在那个成千上万个人自杀的日子里，离开我所生长的城市，来到和叔叔的麦地接壤的那个邻近的省份里插队的。在我身后的城市的街道上，沾染着自杀者的斑斑血迹。我有个亲戚住在十层的高楼上，他们的顶楼成了自杀者的悲恸之地。有许多人从很远的地方来到这里，为避免怀疑，就不乘坐电梯，徒步走上十层的高楼，气喘未定便纵身跳下。下面是熙熙攘攘的人群，这城市里最著名的百货公司就在这里。那么多人死在闹市的中心。我想，如不是自杀的决心已定，他们是无法跨出这最后一步的。在他们跳下的那个位置上，可居高临下地看见这个城市浩如烟海的屋顶，人们在屋顶下做着各种活动，洗衣、做饭、浇花、放鸽子——当鸽子的哨音在云层里缭绕时，这些自杀者会想什么呢？他们是怎样克服自己的动摇的？他们曾动摇了吗？他们将自己逼上了绝路，一点后路都不留给自己了吗？在许多人自杀的日子里，叔叔活了下来。

就这样，叔叔活到了"文化大革命"结束。有关流氓的问题平反了，有关右派的问题改正了。叔叔开始写作一些散文和小说，起先是在地区的报刊上登载，后来登上了省里的文艺刊物，再后来，发表在北京的刊物上了。这是一篇影响极大的小说，关于一个青年右派。一些刊物转载了这篇小说，另一些刊物评论了这篇小说。叔叔为这篇小说所写的创作谈，远远超过了这篇小说的字数。叔叔继这篇小说之后，又写作了许多小说。许多刊物的编辑，来到这偏僻的小镇上，来向叔叔约稿。这小镇上从来没有来过县级以上的干部，这小镇的邮政事业也因此繁荣起来，来自北京的信件源源不断飞来。叔叔也开始越来越频繁地上外面开会去了。第一次开会是在一九八〇年的年底，冬天的时分，叔叔去北京开会。他背了一个简单的挎包，乘长途车到县里搭火车，乘火车到省城去和省代表队集合。这是一个全国性的会议，是文坛的一次盛大的集会。这是叔叔第一次走到外面的世界去。他在这个小镇过了那么长久的幽禁一般的生活，他将第一次知道外面的世界是怎么样的。叔叔成了这次集会的明星一样的人物。许多同行，编辑和记者在休会的时间里慕名来到他的房间，和他聊天，一聊就聊到了天明。后来，休会的时间显得不够用了，他们就在开会的时间留在房间里聊。来客中有一些年轻的女性，是最为他吸引的。她们大都天真无邪，涉世很浅。他所描述的生活与经历，于她们像是天方夜谭。她们的头脑又都很好，领悟力极强，凡事只须一点即通，言语也都极其机智新颖，可起到激发叔叔灵感的作用。五天的会期转眼间便过去，叔叔随了省代表队回到省城，再回到县城，然后一个人走在回家的途中，有一些凄凉的心情是很难免的。但对于潜心创作小说，这却是极适宜的心情。从此以后，叔叔的生活就变成了相得益彰的两部分：一是在小镇上的工作和写作，这是寂寞与安静的一部分；二是出门开会，开会总是热闹而喧哗，聚集起许多光荣与显赫，这既能补充思想，开阔眼界，也使得小镇上的生活有了补偿和安慰。同时，也正是因为那些寂寞的劳动，才换来了喧哗热闹来作回报。叔叔很快在这两种生活中找到了平衡的节奏，摆正了自己的位置。这一段时间，叔叔写得又多又好，几乎每一篇都能打响，引起社会的反响。叔叔的痛苦的经验，他虚度的青春，他无谓消耗掉的热情，现在全成了小说的题材。由于写小说这一门工作，他的人生竟一点没有浪费，每一点每一滴都有用处，小说究竟是什么啊？叔叔有时候想。有了它多么好啊！它为叔叔开辟了一个新的世界，在这个世界里，叔叔可以重新创造他的人生。这个世界里，时间和空间都可听凭人的意志重塑，一切经验都可以修正，可将美丽的崇高的保存下来，而将丑陋的卑琐的统统消灭，可使毁灭了的得到新生。这个世界安慰着叔叔，它使叔叔获得一种可能，那就是做一个新的人。叔叔厌弃他的旧人，他的旧人，像一座山压得他喘不过气；他的旧人还像乌云笼罩，使他见不到阳光。他要重写他的历史。小说使得叔叔的妄想成为可能的了，这大概也就是叔叔让那个青年右派自杀的真相。

众所周知，小说中那个青年右派在煤气呈淡绿色的烟雾中丧生之后，有一段关于灵魂的著名描写："灵魂扶摇直上，像鸟儿似的，望着大地，想：人世间多么龌龊啊！想罢之后，便唱着歌儿飞走了。这歌儿是青年右派一生中从未唱过也未听过的快乐的歌儿。"我想，叔叔在此将自己处决了。所以，叔叔的新生是从一个青年右派的死亡开始的。

我是和叔叔在同一历史时期内成长起来的另一代写小说的人。我和叔叔的区别在于：当叔叔遭到生活变故的时候，他的信仰、理想、世界观都已完成，而我们则是在完成信仰、理想、世界观之前就遭到了翻天覆地的突变。所以，叔叔是有信仰，有理想，有世界观的，而我们没有。因为叔叔有这一切，所以当这一切粉碎的同时，必定会再产生一系列新的品种，就像物质不灭的定律，就像去年的花草凋谢了，腐朽了，却作了来年花草繁荣的养料。而我们，本来没有，现在没有，将来也不会有。因为叔叔有他对世界的基本看法垫底，当他面临一种新的不同的看法的时候，他便也面临着接受还是拒绝这两种选择。他要为这选择找到理论与实际的依据，他还必须在他感情和理智的具有分歧的倾向下进行这选择，选择的对与否将在很长的时间里伤他的脑筋，动摇他的固有观念。这种选择往往是包含着抛弃这一桩苦事。他还难免会有患得患失的心理，唯恐选择的这一样东西其实并不对他合适，而旧有的已经失去不再来了。是保守还是进取，将成为他苦苦思索的题目。而我们呢？接受什么只是听凭感觉，对自己的选择并不准备负什么责任，选择和放弃于我们都是即兴的表现。我们在一个文化荒芜的时代里长成，然后就来到一个八面来风的日子。20世纪包括19世纪末期的一百来年的思想，最最精粹的果实以及残羹剩饭，在同一个时刻里向我们奔涌而来。我们选择的高低往往听凭于我们的天赋和运气。可是，在表面

032

上，我们却呈现出日新月异的气象，并且似乎总是走在时代最新潮流的前列。这使得叔叔那一类人会产生一种落伍的危机感，他们往往是以导师般的姿态来掩饰这种感觉，就像我们，总是用现代派的旗帜来掩盖我们底蕴的空虚。我们这两代人在当面互相夸赞之后，是互相的藐视，这妨碍了我们的交流和互助。他们在肯定我们的成绩时，有时候会说我们遇到了好时候，言下之意是他们没有及时地遇到好时候，而我们的成绩只是依仗了好时候罢了。我们占了年龄上的便宜，有时候对他们态度宽大，说一些崇拜他们经验的好话，弦外之音则是除了经验而外他们并不比我们多出什么。我们心里其实是不承认他们精神领袖的地位，在我们看来，精神应是共和制的，没有什么领袖不领袖。他们的作品在我们看来，总是思想太多，似乎小说只是个盛器。他们总是被思想所累，样样无聊的事物都要被赋上思想，然后才有所作为。我们认为天地间一切既然发生了，就必有发生的理由与后果，所以，每一桩事都有意义，不必苦心经营地将它们归类。认为所有的事物都有含义是我们一种极端的看法，另外还有一种相反的极端看法，则是一切都无意义，意义在于视者自己，一切存在只是我们个人意识的载体或寄存处而已。这是两种好逸恶劳，不肯动脑筋，不愿劳动的对世界的看法。而叔叔他们则在这两者之间。他们首先承认事物客观的意义，再求于人的主观发现。他们自找麻烦，选择这种耗时又耗力的观念，还使得下一代对他们议论纷起，认为他们强加于人。他们背负着思想的苦役。我们主观主义地认为，他们的受苦有一部分是因为他们选择了错误的思想方式，活得不够洒脱。那时候，我们还没有意识到，人所受到的制约是多么不可违抗，若说是人选择了思想方式，不如说是思想方式选择了人。我们以为什么都可随心所欲，做游戏也可不遵守规则。小说这世界给予我们的是一个假象，我们以为现实也如小说一样，可以任意指点江山；我们以为现实和小说一样，也是一种高智力的游戏。小说给予我们和叔叔的迷惑是一样的，它骗取了我们的信任，以为自己生活在自己编造的故事里。这一个虚拟的世界蒙骗了我们两代人，还将蒙骗更多代的人们。

叔叔在"文革"以后的故事就是在此基础上发生的。我虽然是采用了顺叙的手法，其实质却是倒叙。我是在了解了故事结局之后，才开始选择故事的材料，组织故事，设计叔叔的心理动机。所以，我现在就可以断定，叔叔"文革"后的故事的性质。在当时，我们一无了解，我们将它看作是另一桩故事。"文革"结束的时候，叔叔正好四十岁。四十岁的男人正在当年，成熟却依然青春勃发。叔叔留了络腮胡子，眼角和额头有刀刻似的皱纹，这使得二十多三十多的男性在他面前成了儿童。后来，络腮胡子风行不衰，不知道这除了重映三十年代美国西部片的原因外，是否还有叔叔的一部分功劳。叔叔说话有低沉的喉音，语调有几分温柔，会用俄语唱俄罗斯民歌，具有西伯利亚茫茫草原的风味，虽然谁也没有去过西伯利亚。叔叔的形象和声音有一种受难的表情，这是他的真正魅力所在，所有的白面小生在此魅力之光的照耀下都显得轻佻、浅薄，好像一块一口一个的甜点心。叔叔的身材高大伟岸，如一个体力劳动者的身体，可却有思想累累的头脑。叔叔后来从小镇调到了省里做职业作家，在他的家属没有调进省城时，他自己住一间小屋。许多女人从很远的地方乘了火车或者轮船来到这小屋，叔叔只得在门上贴了谢客和探访规定的条子，就是这样，也阻挡不了源源而来的人流。

现在的事情，越来越接近于叔叔的隐私了。可是因为这于叔叔的故事非常重要，难以回避。要把这一个故事说得清楚、完整、合乎逻辑，成了我这一阶段生活的唯一目标。我想没有一个别的故事，可以像叔叔的故事这样表达我目前的心情了，我在许多故事里选择了很久，叔叔的故事胜过了一切。

我想，和叔叔有亲密关系的女人有两个。一个是某刊物的编辑，比叔叔小一岁，人们有时候叫她大姐、大姐的。她除了编辑小说之外，还写一些散文，文字相当优美。她削瘦，苍白，稍有一点病态，使她看上去楚楚动人。她是在一个离婚率很高的城市里，不久前，她也离了婚，过着单身女人的生活。她和叔叔的来往形式主要是书信，每年有两度或三度，叔叔去看望她。他下了火车，先在她家附近找一个招待所住下，然后打电话给她，两人说好一个地方，就在那里见面。每一回见面，都可给他们双方留下很长久的回忆，所以，除了书信而外，他们的交往还在回忆中进行。叔叔和大姐的关系，有一种冰清玉洁的味道，他们从一开始起，互相就建立了默契，决不亵渎他们间美好的关系。他们甚至从没有过性的接触，但是在情感与思想上却相互介入得极其深刻。他们还从不互相点穿他们之间的关系，说话也从不涉及对方的家庭和婚姻，这是他们的禁区，稍一涉及便会有世俗与不洁的气息。有一回，叔叔喝了些酒，就有些多话，他对在座的我们说过这样的话，他说：他对女人有爱和喜欢两种，他对爱的女人，是不会有性的要求；但对喜欢的女人，则有此要求。而后，他又补充一句道：女人是不配爱的。我想，大姐是世上极少数的他爱的女人。叔叔喜欢的女人则非常多，其中与叔叔保持了不寻常的亲密关系的是那个叫作小米的姑娘。她是作协机关的打字员，当作协开会的时候，就做些会务方面的工作。她仅十九岁，是那种活泼可爱、甜蜜娇憨类型的女孩。她使叔叔想起了多年前诞生于他的想象且又夭折的女儿，就好像在向叔叔还愿似的，出现在叔叔的生活里。只要叔叔给她办公室打个电话，当天晚上她便来到叔叔的小屋里。这样的时候或是叔叔情绪好，或是情绪不好，或是东西写得不顺利，或是写顺利却又写累了。叔叔要她来，往往是为了做那样的事。做过之后，叔叔却心疼得唏嘘不已，将她抱在怀里，哄她，唱歌给她听，讲故事给她听，唱着说着，思绪就飞远了，好像是在唱给说给很远处的另一个人听。在另一种时候，叔叔就会赶小米走路，无论小米是多么兴致勃勃。这或许是叔叔情绪好，或情绪不好，或东西写得不顺利，或写顺利却又写累了。但无论叔叔是怎样无情无义，当下一次叔叔要小米再来的时候，小米还会再来，并不摆一点架子。大姐从不向叔叔问及小米，虽然她无法不知道小米，叔叔和小米的事搞得很是沸沸扬扬。而小米时常问叔叔，为什么定期要到那个城市去，是不是那里有一个女人，小米发誓她决不吃醋，要叔叔把这个女人说出来。叔叔微笑不语，然后就狼一样将小米抓进怀里，不让她再多话。叔叔从来不给大姐买什么，却时常给小米买。小米常常在街上看见一件衣服或者一双鞋，是她喜欢的，就跑到叔叔这里来，说那里有一件衣服怎么怎么，有一双鞋又怎么怎么。叔叔问了价钱，把钱给了她，她便立即转身去买。买来后穿给叔叔看，叔叔有时说好，有时说不好。下次小米来报告衣服和鞋的情况，他依然给钱。大姐在叔叔心目中是很圣洁的，他对她摆脱不了一种仰视的心情，大姐对他的情感被他视作珍宝一般，使他的人格增添了价值。见不到大姐时他非常想她。一旦在了她跟前，他又紧张，有一种自惭形秽的感觉。他一举一动就都小心翼翼的，唯恐有哪一点闪失而使大姐对他失望，他不舍得使大姐对他的情感遭到损失。离开大姐时，他忍不住会松一口气。假如这一回同大姐的相处比较圆满，他表现得也比较出色，那么他就会心情愉快地度过这一段和大姐分离的日子；否则，他便垂头丧气，好像打输了仗的败兵一般。他在小米面前，则能够尽情地享受他的成就感。小米对他的依赖，无论是肉体上还是物质上，都令他心醉。小米对他招之即来，挥之即去的服从，使他认识到自己一个男人的价值。在小米身上，集中地体现了他的能力，魅力，以及生命力；而在大姐身上体现的则是他的思想和智慧的力量。这也是使叔叔与她们保持了亲密关系的根本原因。如没有她们两个人的存在，叔叔的价值就没有了载体似的，无法实现了。从这个意义上说，"文革"以后的叔叔是大姐和小米共同创造的。大姐和小米共同创造的这一个叔叔要比小镇上那个叔叔成功多了。叔叔的离婚事件，就是发生在这个时候的。

　　叔叔的离婚事件，在当时几乎成为一件桃色新闻。原先人们私底下议论着的叔叔和大姐、小米的关系，忽然之间暴露在光天化日之下。所有的人都在街头巷尾讨论这事，并且猜测叔叔离了婚后和大姐结婚，还是和小米结婚。叔叔原以为他和她们，尤其是和大姐的关系保护得很好，没料想原来人人皆知。当他辗转听见人们对他和大姐的议论时，几乎心痛如绞。他觉得他和她苦心保护的一件珍品，被粗暴地打碎了。他好像看见黑暗里大姐的一双幽怨的眼睛，注视着他，然后泯灭了。小米则抱有和叔叔结婚的期望，她问叔叔：你离婚为了我吗？叔叔想说什么，却又觉得对她说什么她也未必懂，就苦笑着说：这不是一回事，小米；这是两回事，小米。他把小米搂在怀里，轻轻摇着，像摇一个心爱的婴儿。这时候，叔叔感到了孤独，他想：有谁能说清呢？他为了什么离婚？为了想通他为什么离婚这个问题，他不得不将他过去四十年的生活重又拾起想了一遍。这一个夜晚，他久久不能入眠，往事如同隔世。一幕一幕在他眼前演出的，好像是别人的故事。那个人是我吗？叔叔不断地问自己。其中有一些令人心悸的篇章，叔叔想回过头去不看，可是不成。这种回顾往事的活动，一夜间就耗尽了叔叔的心血，平添了白发。从此他再不做这样的回想，他要把往事全部埋葬，妻子便做了陪葬品。所以，他更加只有离婚这条路可走了。而他苦就苦在，他不能将这些对人说，即使是大姐，也不行。这不是他对大姐的理解力有所怀疑，而是因为他不能让大姐和过去四十年里的那个叔叔认识，他不能让任何人和那个叔叔认识，和那个叔叔认识的任何人他都要消灭，杀人灭口似的，连他自己也要消灭。消灭自己是多么困难。他在他一个人的深夜里，吞噬着四十来年的自己，一点一点地，这是一个秘密的工作，谁也帮不了他。

妻子说，其实她早想到有这一天的，因她早看出他是虎落平川。可她就是要降伏他这头虎呢，要是只猫又有什么意思？说到这里，她骄傲地笑了一下。这一笑不由使叔叔对妻子刮目相看，觉得十多年的相处都不如这一瞬间了解这个女人。妻子继续说：所以，她不拦他。然后她就说了叔叔后来告诉我们的那句话：人落难时，当拉人一把；人往好处走时，则当松开手。但是，她有个条件——叔叔便抢在前边说，他早准备给她和大宝一笔钱，虽然，这话听起来他有些卑鄙了，但这也是事到如今他为她们母子唯一可做的事了。妻子听了一笑，说她要提的倒恰恰不是钱的事情，钱的事情可以放在以后再说，但她要提的也是他可做到的事，只要他愿意。叔叔问，那是什么事呢？妻子说，当年因为他的事，可说是天翻地覆，说到这里，她停了一下，才又接着说：可不是天翻地覆？这些年总算安静下来，却再要离婚。人家早就等着看热闹，看不着急得眼红呢！这一下可不又要天翻地覆了？所以他要把她们母子调到省上去，离开这个是非之地，到那时，她立即和他离，如他不相信，现在就可以立下字据，签字画押。这样做也是为了大宝的前程，从此可做省城的居民，不必窝在这鬼孙地方了。叔叔听了这话不由怔住了，妻子说得有理有节，不容他反驳，可这正是触及了叔叔的难言之隐。他调到省城已有三年，其间调动家属的机会虽说不多，却也并非绝无仅有，他总是一拖再拖。这三年内，他甚至没让妻子儿子上过省城一次。这时候，他慢慢地镇定下来，想象着和旧日妻子生活在同一个城市里的情景，发现这要求是万万不可答应的，宁可不离婚。他态度很坚决地说：这怕是难了，因为离婚的事现已众所周知，上级自然不会再给家属户口，这样的户口每年是有一定的名额，只会少不会多。妻子轻轻一笑，说：就说现在不离了呢？你那支笔，能把死的写成活的，活的又写成死的，改一改口，谁能不信？叔叔不说话了，临到走的时候，妻子又说道：这是为你儿子，离婚离得了女人，离得了儿子吗？这句话在当时，叔叔气愤填膺的时候，并没有完全听懂，只当是一句要挟的话。几年以后，他才又重新想起了女人的这句话，感慨万千。这时，叔叔拿了自己的东西，气恨恨地走了。这一次关于离婚的谈判没有成功。之后有三个月的僵持时间。在这三个月的僵持时间里，叔叔想过起诉的方法，可他一想到出庭的场面，就立即放弃了这个念头。他只有耐心地等待。可他没有心思写作，整天和小米在一起，事到如今，他也不顾及外界的舆论了。到了往年应去看望大姐的日子，他却犹豫了许久，决定不去，可临了还是买了张退票登上了火车。随了火车逐渐接近大姐的城市，他的决心逐渐动摇。下了车后，他又在大姐家附近，他常住的那家招待所门前徘徊了许久。最后他没有订房间，决定当晚就回去，借了服务台的电话把大姐约在了一家个体户餐馆里。他们吃了一顿晚饭，然后就分了手。两人都没提及叔叔正在进行的离婚，只说了些无聊的闲话。当她对他说"保重"这两个字的时候，叔叔明白这是最后的晚餐了。他们间的纯洁关系被舆论扼杀了。这些舆论使得他们神圣的情感变得无聊而低级，抹杀了其特殊的性质，如同这时文坛上越演越烈的所有男欢女爱的奇闻逸事一样。大姐是最容不得庸俗的，他和大姐的关系也是最最容不得庸俗的。僵持了三个月后，他又回家一次。这一回，妻子退了一步，说她的户口可以留在镇上，反正她这一辈子早被人说够了，再说也没什么可说了，可是他必得将孩子的户口办到省上去，儿子可以只在名义上算成跟他生活，实际上一分生活费也不要他出，但是，他必须带儿子上省城。最后，她又说：你撇得掉女人，撇得掉儿子吗？这句话也是在后来使叔叔感慨万千的。

在叔叔的离婚事件僵持的时间里，叔叔几乎没有写什么文字。由于这段时间持续得较长，所以人们注意到了叔叔这段沉寂的时期。人们怀了兴奋的心情，等待着叔叔新的作品，心想这大约是一篇和婚姻有关的东西。但在停笔一年半之后，叔叔写的第一部作品是出访西欧某国的游记。游记写得有些乏味，其间没有奇遇，也没有新鲜的发现，只是泛泛地描写了一些旅游和参观项目，以及一些欢迎或欢送的仪式，还有一些当地的人物。叔叔向来深刻的思想在这里一无用武之地，文字也显得贫乏无力。其实游记这一类东西，就是将平日的所思所想，装进所见所闻，再以其时其地的心情打一个包装。而这与叔叔整个生涯毫不相关的景物，只在匆匆一瞥之间，能激发起叔叔多少心情呢？离婚这一桩事，耗去了叔叔的时间和情感，而出国访问，除了刺激一下叔叔的好奇心和虚荣心外，并没有向他提供多少经验，甚至还抵不上一次国内的深入的旅行。从叔叔的游记里，我感觉到这次远行并没有构成叔叔的人生经历，叔叔的所见所闻，都有些像拉洋片似的，在眼前历历走过，并没有激荡起叔叔多少感情。我想，这是因为第一，叔叔不懂外语，无法和人直接交谈，通过翻译只能得到些外交辞令和导游手册语言；第二，叔叔长期生活在一个封闭的国家里的一个封闭的小镇，对西欧某国在思想和情感上都一无准备，产生不了共鸣；第三，叔叔是作为一个代表团的成员出访，行动无法根据自己的选择。这样，叔叔写这游记似乎仅仅是为了告诉人们，他最近去了一趟西欧某国，还有就是告诉人们，他写了这些游记。然而，这时期叔叔的重要经历：离婚，却没有留下记载。我的这些关于离婚的叙述，是根据事情的结局反推而至的。

叔叔在这段时间里，除了和他的代表团团员在一起，就只和小米在一起。小米劝他：让儿子来省城就来省城吧！叔叔就说：你不懂，小米，怎么和你说呢？小米。后来，叔叔和妻子达成的协议是：将儿子户口调到省城，但他仍然在原地读完最后一年高中，然后高考，有本事，他考进省城大学，如考不上大学，在找到工作之前，依然留在家里跟母亲生活。叔叔说，他无法照顾孩子。就这样，叔叔终于离婚了。叔叔离婚后没有和小米结婚，也没有和任何别人结婚，这才使得叔叔的离婚事件带有了心理学的神秘色彩。

叔叔最后一次从那个小镇回来，期待了长久的事情一旦解决了，他反有些怅然。一件负了很久的重荷突然卸了下来，难免，有一种丢失了什么的错觉。但叔叔总的心情是轻松的，他花了时间，将新分给他的三室一厅的房子装修了，在书房的墙上挂了他从各地带来的纪念品，比如甘南的牛角，内蒙的马刀，陕北的布老虎，贵州的蜡染壁毯，看起来就好像是一个民俗博物馆。这时节，比叔叔年轻的一代作家正兴起寻根的热潮，试图从民间的艺术里找到中国文学的表现形式，这大约是拉丁美洲文学大爆炸以及美国的南方文学带给我们的影响和启发。我们步行或者骑车来到最偏僻的农村，收集农民的谚语、民歌、传说，听年逾古稀的老人讲村庄的历史。我们追寻中国文化最原初的面貌，追寻几千年来为中国士大夫排斥了的文化自然状态，追寻几千年来为政治和权力使用而狭隘萎缩的中国文化的原始生命力。这追寻是出于新文学运动迅疾发展所带来的能源危机：思想、故事和语言在很短的时期内全被用尽了，于是我们不得不进行新的开发。这种严肃的文学运动很快被世俗化，使得民俗成为一种时尚。叔叔在这方面往往能做到先发制人。由于他的社会经验永远比我们丰富，有时候他参加我们讨论，往往能占据中心的地位。他善听又善辩，总是使人折服，可是结束后，我们却发现，这讨论已被叔叔引导到另一个方向，距离初衷很远。因从本质上，叔叔是与这场运动隔膜的。中国几十年的政治生活充满在他个人的遭际和命运里，使叔叔对世界的看法总是持一种现实的政治态度。国家与政权概括了整个世界，是人类活动的大背景，人们的行为模式是社会生活的代表。文化的意识总使他感到抽象，艺术在他看来，也具有实际的政治的功用。寻根运动只在某一点上与他合拍，那就是他可为政治在文化中找到更深一层的解释。任何事情，叔叔都要求得到解释，解释不清的事情叔叔绝不承认，他认为世界是可知的，不可知的观点总被他排斥。叔叔把寻根作为对世界的一种新的解释方法，而我们则以寻根来追索世界的原来面目。这就是叔叔这代人，这就是叔叔。在我们成熟起来的日子里，叔叔与我们拉开了距离，产生了差异，叔叔的危机感就是从这时候开始的。

产生这危机感的背景基本由三件事情组成，一是叔叔作为中国作家代表团团员，出访西欧某国，这使叔叔的社会地位和荣誉感上升一级；二是叔叔终于完成离婚这件大事，与过去的生活一刀两断，从而可以一无羁绊地开始新生活；三是文坛上兴起寻根运动，这运动发端于比叔叔年轻一辈的人们。俗话说月满则亏，叔叔觉着自己如今就是在这个当口了。叔叔的危机感表现在当讨论寻根这个问题时，叔叔太过急于掌握主动，太急于发言，参与意识过强。在这段时期里，叔叔的写作又搁浅了，他在他极似民俗博物馆的书房里坐着，每天早起都想：我要写东西了，却始终写不出什么东西。他对世界的看法使他有些惭愧，好像落伍了似的。可是要改变这看法，却是一个巨大的工程。因叔叔不是一个轻易改变自己的人，何况于任何人，成立对世界的看法都是一项基本建设，有些人一生都没有进行建设，比如我们，或者说世界是世界存在的样子，或者说，世界是我们看见的样子。我们在这两面幌子下逃避劳动，狡猾地不肯说出一句具体的判断，为日后的撤退和转移留下了退路。叔叔却没有退路。除此以外，还有一个迹象表明了叔叔的危机感，那就是，叔叔来抢我们的女孩了！

这时候叙述叔叔的故事，有过去所没有的方便之处。因为叔叔已成为众人瞩目的明星，他的生活一半趋于公开化，几乎难以保存隐私，几乎一步一趋都可在日报或晚报上找到踪迹。材料不再像前阶段那样匮乏，需借助不负责任的流言。但困难则在于这个众目睽睽之下的叔叔是不是真实，真实的程度如何。所以我们必须分析那些现成的材料，做各种推测与猜度。

现在，叔叔来抢我们的女孩了。我们这些人中的相当一部分，在婚姻以外，还有着关系亲密的女孩。我们和这些女孩保持着情歌里所唱的哥哥和妹妹的关系，亲热的行为也是不可少的。但我们决不使这种关系危及我们的婚姻家庭。这种没有受到琐碎生活侵蚀的纯洁的关系可以激发我们的想象力，安慰我们因为社会职责而疲劳不堪的身心。在性的问题上，我们绝对强调自觉自愿，在彼此都有热切渴望的前提下才可进行，如有一方抱了吃亏思想，就难以达到这种快乐销魂的境界。我们总是好离好散，尽可能不弄得凄凄婉婉，黯然神伤。我们认识到一切过程都不可能成为永恒，就像生命那样。但是，在此过程中，我们却也注入了真情，决不允许卑鄙的玩弄的倾向。这样的关系往往发生和建立在出版社组织的笔会上，因此这些关系往往跨越省市和地区。笔会是人生中难得一度的偷闲机会，在这样的时候，我们把所有的事情都搁置脑后，并从各人所处的社会关系中解脱出来，暂时地成立了一个小社会，重新组合人际关系。笔会的生活是一种戏剧化文学化的生活，它有模糊人虚实感觉的作用。它使虚拟的世界现实化，又使现实的世界虚拟化，它是我们在那些年里生活的象征。那些年里，笔会是特别的频繁，由于小说事业和出版事业的蓬勃发展，出版社就频频举办笔会，以报偿小说家们的劳动。我们一旦写累了，便从信兜里翻出一张请柬，同家人说：我去开笔会了。笔会使我们的生活丰富多彩，歌舞升平。在那么一段时间里，我们竟完全忘了，这个世界上还有饥饿和霸权。而我想，叔叔应当是没有忘记的，他应当有提醒我们的责任。可是在这段日子里，人们实在高兴得太过，人们的欲望太多地得到了满足，被刺激了生长，于是就有些欲望无边。叔叔非但没有尽到兄长的提醒的职责，还来抢我们的女孩。

在我们中间有一个青年，他很爱一个女孩。这女孩长得不怎么样，但是气质迷人。这个青年爱她已爱入骨髓，却迟迟不敢举步，这非常违反他平时的穷追猛打的龙虎精神，对这女孩的爱情将他变成了另一个人。当他渐渐接近目标，胜利在望的时候，那女孩却投入了叔叔的怀抱。人们都知道叔叔还有小米，两人一个不娶一个不嫁地过了若干年，小米和叔叔的关系已经刻骨铭心。叔叔对这女孩采用了快速战的打法，有一次，身边没人的时候，叔叔忽然从后面紧紧抱住了女孩的肩膀，将下巴抵在女孩的发上。后来，女孩回到青年身边时，说：叔叔突如其来的行为，使她以为叔叔爱她爱得很深，很强烈，不可遏制，这使她感动，并使她的虚荣心得到极大满足。要知道，女孩要别人爱她是要个没够的。青年说：我是多么爱你啊！女孩很伤感地看了他一眼，说，她以为被一个成年男人所爱，是一种独特的经历，她为独特性所吸引。有一次，他家电梯停电，胆小如鼠的她竟走上十二层黑暗的楼梯去看叔叔，可是叔叔没在家。

后来，女孩知道了叔叔有许多女孩，进攻的方式几乎同出一辙，专是乘其不备，从后面紧紧抱住女孩的肩膀，这女孩的经验就变得一般化了。她夸大了这从背后猝然拥抱的动作的含义，叔叔是没有责任的。这期间，叔叔已成为征服女孩的能手。他在女孩方面的故事越传越盛，战绩辉煌。在他面前，我们不禁充满了失败感。他以一个成年男人的经验的魅力击败了我们。他好像是一个现代的普罗米修斯，他崇高的苦难是他的宝贵的财富，供他作出不同凡响的小说，还供他俘虏女孩。个个女孩都爱戴受过苦累的男人，就像喜欢在传奇中扮演女主角。但时间渐进，这种掠夺的故事演出多了，却使我们感觉到，叔叔这样做的兴趣似乎并不在女孩们身上，倒是在我们这些青年身上，他似乎是在同我们做一种较量，这较量是什么呢？

有一天，我发现了这较量是什么了。这是一个偶然的发现。那是在一个夏季，我们应邀去一个靠海的城市开笔会，我们每天下海游泳。我不知道为什么在笔会开头的游泳的日子里我没有发现，却发现于笔会最后的一个下海的黄昏里。大约是黄昏的光线的作用，或是黄昏的气氛的影响，在我们下海的那时刻里，叔叔走在我的前边。在大海面前，我们变成了孩子，一齐向海水的深处走去。沙滩温柔地摩擦我们的脚心，海水一层一层覆盖了我们的脚背，有人忽然唱起了弄潮的歌，一呼百应。这一刻确有些激动人心，我们不由整齐了脚步，奋力跋涉在涌动的海水里，朝深处走去。就在这时候，我发现叔叔老了。我看见叔叔手臂上松弛的肌肉，看见叔叔臃肿的腹部，看见叔叔颈后开始堆叠起一些肥肉，叔叔的皮肤渐渐失去了光泽。在这一刻里，我为叔叔感到悲哀了。我忽然之间想通了一个问题，那就是叔叔在同我们较量什么。

叔叔终于获得了新生，可是他却发现时间不多了，他心里起了恐慌，觉得时间已不足以使他从头开始他的人生，时间已不足以容他再塑造一个自己，他只得加快步伐，一日等于二十年！我不知道他有没有被我们中的青年击败的经验，如有一次，就将激起他一百次的反攻。我还想，叔叔在性上有没有失败的经历。我回忆着所有的关于叔叔的传说，我猜想叔叔一定有过至少是一次失败的经验。因为有了这一次失败，他必须用一百次胜利去挽回，他必须加倍表现他攻无不克的旺盛战斗力。我还从概率的概念推测出叔叔至少有过一次的失败的经验，因为百战百胜的情形是非常难得的。我想象这次失败的经验是发生在他和大姐或者小米之间，因为只有在与他有亲密关系的女人间发生这种事，才有可能为他严守秘密。

　　我想，叔叔最后一次去看大姐，并不是像我们原先以为的那样，当天晚上就走上了归途。其实叔叔是在大姐那里度过了一夜，这是他在大姐那里度过的第一夜和最后一夜。后来，叔叔回想这一夜，才明白，其实那是他生命的十字路口，几乎是决定命运的前夜。假如事情不是这样发生，而是那样发生的话，叔叔的生活许就是另一番情景了。那天，他们在街口个体户小餐馆吃晚饭。开始，他们只是说一些平常的话。叔叔本来确实想好不对大姐提一个字关于离婚的事情，大姐也是这么准备的。可是，事情却不像他们想的那样简单，他们之间的关系也不像他们所设计的那样宁静致远。叔叔和大姐面对面坐着，围着一盏火锅，火光映着大姐苍白的脸庞。小餐馆里没有别人，因为那是一个下雪的夜晚，人们都在自己家吃火锅，只有他们来到这小餐馆里吃火锅。叔叔忽然感到一阵揪心的疼痛，这种揪心的疼痛发源于"文革"中的日子。他觉得他有些不行了，那些日子里他的烦恼和委屈一下子涌上了心头，他想他那么压抑地孤独地过了这么些日子，现在还不能说吗？他如不说出来他就过不去这个夜晚了。可是要说却又不知从何说起，事情是那么复杂，那么混乱，那么琐碎又卑微，他忽然鼻子一酸，落下泪来。只这一落泪，大姐便什么都明白了似的。她一言不发，只见眼泪一颗一颗落在了面前的葡萄酒杯里。这样，他的眼泪就更汹涌了。叔叔知道，大姐是最能理解自己的人，因此，大姐便也成了他最看重的人。正因为大姐是他最看重的，他便也最不能在大姐面前和盘托出，他必得在他看重的大姐面前伪装。他晓得大姐是最纯洁的，他就不能将自己肮脏的那部分显露出来；他晓得大姐是最高尚的，他就不能将自己卑微的那部分显露出来；他晓得大姐是最骄傲的，他就不能将自己屈辱的那部分显露出来。他不得不在大姐面前左藏右躲，努力使自己美好一些，可以接近大姐，爱大姐，并被大姐爱。这样，他本想和大姐近的，结果反倒远了，结果，最能理解他的大姐反成了与他最最陌生的人。他心里其实苦得要命，却又说不出来。大姐心里想的是：叔叔把她当作了女神，岂不知她是活生生一个女人，她的一个又一个苦苦思念的长夜，叔叔是否知道呢？叔叔在她这里享受精神的亲爱，又在小米那里——大姐经常想小米这个人——在小米那里享受肌肤之亲，却不知对于女人，尤其是对于大姐那样的女人，这两者必须是一体的。而由于叔叔对她情感的圣洁，竟使叔叔这个最爱她的人，成了最不能爱她的人了。他们的这一个晚上，就好像都知道彼此心里在想什么似的，等火锅里的水干了，滋滋响着的时候，两人一同站起。大姐在前面走，叔叔跟在后面，两人一径来到了大姐的家里。大姐家的墙是洁白的，大姐家的床单是洁白的，大姐家里瓶中插的花是洁白的；叔叔觉得自己很龌龊，他站在洁白如雪洞的屋中，不知做什么好。后来，他们经过洗澡更衣等等手续，终于躺在了床上。叔叔的心像擂鼓似的，浑身颤抖。他变得非常笨拙和鲁莽，撕破了大姐洁白的内衣。他激动得厉害，并且充满了犯罪般的不安。可是，到了那关键的一刻，他却忽然心静如止。他陡然地做出冲动的样子，却一事无成。他听见大姐在他身底嘤嘤的哭泣声，简直无地自容。他一身冷汗接着一身热汗，很快就虚脱了。可是心里却还无比歉疚地想道：我把大姐的床单弄脏了。黎明前最黑暗的时候，叔叔走出了大姐的家，蹑着手脚走下伸手不见五指的楼梯，叔叔的骄傲和自尊荡然无存。他自卑得痛心，他想他连个男人都做不成啦！假如这天晚上，叔叔获得成功，他也许会娶大姐做妻子的。大姐是唯一能做叔叔妻子的人。可是这是个失败的夜晚，决定了叔叔和大姐各分东西的命运。

从此，叔叔便到处尝试他做男人的功能，他获得了一次证明不够，获得了十次证明不够，一百次证明还不够，要多少次证明才可推翻和大姐的那一夜晚的经验呢？他一定要克服他这可怕的自卑，这自卑是他历史的遗迹，他负了这沉重的遗迹，如何走向新生呢？从这一点上，他妒忌相对来说历史遗迹要轻松一些的我们。而我们中间有些人又轻佻又狂妄，这无疑更加刺激了叔叔，他就来抢夺我们的女孩了。

然而，也许和大姐的最后的会面并没有发生这样不同凡响的事情，仅仅是如我们原先所叙述的那样，各自分手。事情是发生在叔叔和小米之间。在叔叔漫长的离婚过程中，小米是他唯一的寄托和安慰，他们几乎夜夜一起，通宵达旦。小米在和叔叔的接触中，从女孩成长为女人，她身体结实，精力旺盛，反应灵敏，魅力无穷，令叔叔神魂颠倒，不能自已。有时候，叔叔看着小米，会叹一口气，忧愁地说：小米，你越来越年轻，我却越来越老，怎么办呢？话是这般说，叔叔心里是不认为自己老的。叔叔力大无穷，敏捷过人，与小米旗鼓相当，不相上下。但终于有一夜，叔叔败下阵来了。小米说：没什么，那是因为次数太多的缘故。可是，这并不能安慰叔叔。小米说，没什么，这是经常会发生的事情。这也不能安慰叔叔。叔叔从此再不说自己越来越老这样的话了。有一段时间，他还出现了虐待小米的倾向。他恨小米，觉得是小米造成了他的失败。他想：他们以后不再是平手了，而是有了胜负的记录。他好像是有意要小米受伤似的，去和别的女孩要好，并且专找那些十分年轻的。叔叔很少有碰壁的时候，年轻的女孩都富有历险精神，并且以活得洒脱为理想。她们充分认识到生命很短促，青春更短促，应当过得轻松自由。和叔叔来上那么一段，可以增添青春的色彩。这是一个推翻一切准则的短暂的自由时代，我们没有法度，没有宗教，只有前辈们痛苦的经验警戒着我们，使我们格外地向往快乐。就这样，我们的女孩就和叔叔做成了快乐的伙伴。叔叔和我们的女孩在一起，有时候会有幻觉，他想：他其实是和她们一样的男孩，有着同样的快乐的理由。他们到舞厅去跳舞，到卡拉 OK 去唱歌，他们做着青春的游戏。逐渐地，叔叔离不开我们的女孩了，他需要这些年轻快活的灵魂的陪伴，就像禾苗需要雨露。其中不乏一些快活的技巧还不到家的女孩，她们渐渐地就动了真情。她们不明智地要从叔叔这里得到允诺，要做她们的前辈——叔叔的贤良的妻子。这给叔叔出了难题。他见不得她们伤心难过，心疼得厉害。因她们统统使他想起他那夭折的想象中的女儿，世上没有一个父亲忍心伤害自己的女儿。可她们的要求实在是他力所难及，婚姻这桩事太过庄严神圣，是一道人生的难题，和他们玩耍的快乐气氛很不相符。其中有一个女孩，亲家不成便成仇家，她眼里流泪心里流血地书写了几十份控诉信，寄往叔叔的单位以及他经常发表作品的杂志社、出版社，信中说，叔叔把她快乐的机会全部毁灭了。和叔叔好过的女孩都有曾经沧海难为水的心情，将来很难再有幸福的婚姻。和叔叔短促的接触，使叔叔的魅力得以集中表现而光辉灿烂，如同月亮将星光遮暗。叔叔又魁伟又细腻，又粗犷又温柔，又深沉又幽默。于是叔叔便造就了许多独身的女人，怀了一个梦想的男人度着寂寞的时光。

经历了一个低潮，叔叔的创作再一次进入活跃时期，我们从一些过早撰写的名人年表和作家辞典中可以看到这个记载。叔叔写作的手法有了很大的变化，反映了我们这个时代多姿多彩的文化背景。几乎一百年的西方文化在十年内涌进我们的中国，通过饥不择食的选择和粗通文理的翻译。那些新型的名词和概念折磨着我们的翻译家们，他们绞尽脑汁，挖空心思造出新的汉语词汇。翻译这个行当成了英语盛行的当今世界一个普及性的事业。初通外语的人们捧着一大堆字典，做着打通两种文化的工程，谬误重重。批判现实主义还未成为人人面对的现实就已被冲击到历史的角落，被各种各样新型的主义替代。在这样的历史条件之下，叔叔的小说出现了崭新的面貌。叔叔的小说不再是过去的故事，而是现在的故事。他以黑色幽默的态度及时空交错的手法描写一个纷繁的大千世界，人人在渺小的舞台上演出各自的悲喜剧，人人都非常的严肃和认真，总起来看却可笑无比。叔叔对世界有了一种新的宏观看法，他似乎不再被他个人的遭际所缠绕，而是脱出身来，如一名国际人或宇宙人那样审视世界，一切都是那么无谓和无聊，有一种世纪末的绝望情绪。读者们拍手欢迎叔叔的重新出场，他的沉寂太长久，已使人们等得不耐烦。而叔叔的再次来到已成了一个新人，使人们无比惊喜。这时候，叔叔充分显示出他作为一个作家的才华，他挥洒自如，如天马行空。众生百态，全由他描写得淋漓尽致且游刃有余。他随心所欲，却点石成金。一旦开了头，叔叔便一发不可收拾，作品源源而出，涉及各种领域。叔叔好像一个世界霸主，将未开发的地区全抢先占为他的领土。

叔叔的世界观经历了一次转变和完成。这一次的转变和完成和以往有些两样，似乎是受命于叔叔的小说。当叔叔在他的书桌前坐下的时候，他的思想还没形成，随了他小说的逐步推进，他对世界的看法才逐步明晰和完整。在最后的时刻，叔叔非常欣喜地发现，他对世界的看法原来是这样崭新而高超。他想：这便是一个真正的作家的思想历程：世界观的形成不仅来自个人生活的经验，还来自审美的进步和选择。艺术的审美活动已成为生活的方式啦！叔叔欣喜万分地想道。他不仅仅是一个由生活经验塑造的艺术家，而且是由艺术创造构成生活经验的人。叔叔觉得他终于做成了，一个新人，一个艺术家。过去的苦难全是为了这个艺术的目的在做准备，犹如一种素养的训练。从此，现实的生活不再是真实的，而是在为小说创造素材，艺术才是全部的真实的生活。叔叔沉浸在他的小说世界里，观望着现实世界，好像上帝俯视苍生。

这样，叔叔就非常成功地完成了两个世界的转换。就是说：原先小说是一个想象的世界，叔叔可在小说的世界里满足他心情上的某种需要；如今现实则变成虚拟的世界，为小说的现实提供依据和准备。从此后，叔叔庇身于小说中的生活就变得非常安全，他不会再遇到什么实际的侵害，所有实际的侵害会被他当作养料一般，丰富他的小说世界。由于这安全的地位，他便对现实的世界生出超然物外的心情。什么样不合理的事情，都被他窥察到了合理的因素；什么样痛苦的事情，都被他觑破了没有价值之处；残酷的事情被他视作历史前进的动力；美丽的事物则被他预言了凋零的命运以推断其腐朽的本质。样样事物都被他看到了反面，再由此推出发展的逻辑。叔叔变得越来越冷峻，不动声色，任何事物都被他看得很彻底，已经到了境界。叔叔在精神上终于脱俗，他不再担心平凡的生活对他会有所侵害，所以他在行为上反比往常更具世俗化的倾向，也不再讳言他身上所隐藏的平常人的素质。他有时候会和我们一起谈女人的事情，口气中不无猥亵。他还相当露骨地表示他对金钱的兴趣，告诉我们他心底里的一些卑鄙的念头。有人说叔叔又坦诚又勇敢，有人则说叔叔是地地道道的无耻。无论是坦诚还是无耻，都是需要本钱的，叔叔已有足够的脱俗的本钱而去做一些俗事了。

大姐已成为叔叔的过去。大姐去美国了。她初恋的情人已是一个发迹的商人，几经坎坷后，又与她重叙旧情。人们说大姐是为了女儿的前途而出国的。大姐出国的消息传来的那一天，叔叔黯然神伤了一个晚上。我猜想，这是叔叔与大姐分手后传来的大姐的第一个消息，也是最后一个消息了。从此，大姐就将在叔叔生活中销声匿迹，叔叔难免会有些感慨。这时候，唯一可能理解叔叔的人也走了，人们理解叔叔的可能几乎没有了，理解叔叔从此后只可能等待一个契机，这个契机什么时候才能来临呢？就这样，叔叔生命中刻骨铭心的事物全部埋葬了，所有的知情者都退场了。小米也成为叔叔的过去。小米结婚了，在她结婚前，已有一段和叔叔疏离的时期。她不能忍受叔叔和那么多女孩有那样的关系。虽然她也知道大姐，可是她觉得她和大姐是可以共存的。大姐占有叔叔的那部分恰是她小米无法占有也自知无能力占有的，而她占有的那部分则是大姐无法占有或者不屑占有的。大姐不会侵略她，她也不会侵略大姐。小米心里暗暗对大姐怀了尊敬。可是其他那些女孩就与大姐不同了。当小米斥责叔叔的时候，叔叔说：那是不同的，小米；那是两样的，小米。他还不怕小米听不懂地、很深刻地说：他和小米相处的是他最独特最个人的部分，是一个谁也进入不了的部分，而与其他人，则是使用他最一般化，最社会化，最普遍化的部分。他的话，小米不能说完全不懂或不相信，可是她受不了叔叔和别的女孩做爱情景的想象，这种想象折磨着她。当小米终于一去不回的时候，叔叔感到了孤独。有一天，他被人发现在一个小餐馆里喝酒。那是个陌生的小餐馆，不是叔叔时常光顾的那些，又离叔叔的住处很远。叔叔为什么一个人到这里来？唯一的解释就是叔叔不愿意被人发现。人们还注意到，在这次独斟独饮之后，叔叔又有较长一个时期没有和女孩们往来。他过着清心寡欲的生活，有时和我们，有时是他自己，度过夜晚的时光。我们猜想所有的女孩全像是小米的附丽一样，一旦没了小米，她们便也无所依存了。小米对于叔叔已是唯一一桩习惯的事情。人总是需要和一些习惯的事情在一起，这可使人有安全和稳定的心情。现在，小米这一桩最后的习惯退出了叔叔的生活，叔叔的生活里再没有一桩习惯的东西了。叔叔有时候早上睁开眼睛，他须想一想才明白，自己是睡在自己的家里。

小米离开之后的消沉的时期，很快就过去了。叔叔有意寻找一个能够替代小米的女孩。可是叔叔很快发现，寻找小米那样女孩的时期已经不复存在。他总是非常容易对一个女孩熟悉，继而厌倦，然后就去找下一个，再重复一次从熟悉到厌倦的过程。这种周期眼见得越来越短，于是，寻找小米那样的女孩便也越来越不可能了。叔叔回想当初与小米要好时的情景：那时候，自己尚有婚姻在身，名声也远不如现在，同小米的一切都须掩掩藏藏，心理的压力颇大。此外，自己一个乡巴佬，刚进省城，周游的范围较现在狭隘得多，选择的机会很少，倒反碰上了小米，两人立即如火如荼，并维持了这样长久。叔叔现在是一个自由身，选择的范围开拓得极大，与人交往便有些蜻蜓点水似的，难以深入，深入了会浪费时间，耽误了选择似的。叔叔有意纠正自己这种心态，回到与小米要好时的情景，可惜时光不能倒流。

大姐和小米的回忆是叔叔历史中那个古典浪漫主义时代的遗迹。与她们在一起的快乐时光，有时在回想中温暖与激动叔叔的心。而她们各自的离去，以及离去前后的情景，使叔叔还保留有心痛的感觉。如今的叔叔已不再会激动与痛苦，悲恸只是一个文学的概念。这是叔叔成为一个彻底的纯粹的作家的标志。他在小说中体验和创造人生，他现实的人生舞台已不再上演悲喜剧了。这是一个短暂的自由的日子，给予人们许多随心所欲的妄想。待这日子过去，叔叔才可明白，他做一名彻底的纯粹的作家原来是一个妄想，是一场漫长的白日梦。到了那时，他会想：我原来是想从现实中逃跑啊！这段日子里，企图从现实中逃跑的人其实很多，很多人不以为这是逃跑，而以为这是进攻。这一场胜利大逃亡确实有一种进攻的假象，迷惑了许多像我这样的人。摆弄文字的成功感使我们以为，做什么都可能成功，小说中的自由被我们扩张到整个人生。我们将这世界看成了由文字摆成的一盘棋，可由我们愉快地游戏。我们甚至将爱情和政治这两件严肃的人命攸关的大事来做游戏。由于人生成了一场游戏，我们便又感到虚空，不明白为什么而人生。但不明白只是有时候倏忽而过的思想。由于我们正当年轻，很有希望，生活中还有许多有待争取的具体目标，比如房子，比如职业的调整，比如经济方面的困难，比如和父母的代沟问题，非要争个谁是谁非，比如某一个女孩终于打入了我们修炼不深的情感。所以我们只是在虚无主义的深渊的边缘危险地行走，虚无主义以它的神秘莫测吸引着我们的美感。而头脑其实非常现实的我们，谁也不愿以身尝试。我们是彻底根除了浪漫主义的一代，实用主义是我们致命的救药，我们不会沉入的。我们中的极个别人才会在火车来临的时候躺在铁轨上，用生命去写最后一行诗，据说这还包含了一些债务的原因。也正是由于我们的安全有了保证，我们才发动或者投入这一场游戏事业。我们以人生宏观上是游戏、微观上是严酷斗争来解释我们行为上的矛盾之处，并且言行结合得很好。因为我们压根儿没有建设过信仰，在我们成长的时期就遇到了残酷的生存问题，实利是我们行动的目标，不需要任何理论的指导。我们是初步具备游戏素质的一代或者半代。这游戏对于叔叔则是危险的，因为叔叔是将游戏当作了他的信仰。叔叔是无法没有信仰的，没有信仰就失去了生命的意义。当他失去了一桩信仰时必须寻找另一桩信仰；当他接受一种行为原则时必须将它放在信仰的宝座上，然后再经历争夺宝座的战争。游戏态度本不足以成为信仰，它是人们逃脱责任的盾牌。叔叔这一个半路出家的，已过了最佳学习时期的游戏家，他便真正面临了虚无主义的黑暗深渊。叔叔游戏起来不是像我们这样有所保留，只将没有价值的东西，或者与己无关的利益作为代价。叔叔做不到这样内外有别，轻重有别。叔叔做游戏的态度太认真，也太积极了，这便是我们的看法。我们当时就预感到叔叔为他的游戏牺牲了太多的东西。游戏本来是和牺牲这类崇高的概念没有关系的，它只和快活有关系。

这样，叔叔早晨醒来的时候，他就想一想：这是在什么地方？地道的游戏家是从来不想这类问题的。然后，他又想：他今天应当做什么？这是两个时常会来困扰他的问题，使他陷入茫然，但时间不会太久，游戏的精神很快就来拯救他，替他解围。他就想：管它在什么地方，管它做什么事情！已经没有一件责任来规定叔叔的作息时间了，他的懈怠和紧张都不会影响什么人了。叔叔只在小说中才可建设一种生死攸关的人际关系，这类人际关系于叔叔只是文学的概念了。这时候，叔叔的小说被翻译成许多种文字，在许多国家重要或不重要的出版社出版。时常有国外的学术界、艺术界、出版社来邀请叔叔去作访问和演说。出国对于叔叔已是平常的事情。他穿着夹克衫和旅游鞋，背着背囊，从一个国家的机场飞到另一个国家的机场。他虽语言不通，可由于旅行的经验也行动自如。这样的时候，叔叔便成了一个国际人，他开始站在国际的立场上分析中国的问题，他甚至站在宇宙的立场上分析国际的问题。所有的这些国内国外的问题全在他的俯视底下，这给他的小说带来了人类的背景。这背景产生于他的旅行中的见识，而与人生经验无关。旅行构成不了叔叔的人生经验。在异国他只是一个观光客，一无生存的任务，便只有在人家生活的边缘走过。他在大学的教室、书店的厅堂和人家的客厅里讲着中国的问题，回答对中国有兴趣的人们各类问题，好像一个中国问题的专家。由于他对所去访问的国度没有生活的经验，于是也产生不了问题，当人们说：您也可以向我们提问时，他便傻了眼，支支吾吾的。出国的日子倒更像是在国内，充满了关于中国的内容。他对国外的了解来自走马观花和道听途说，组成他思想的国际背景显得材料不足，叔叔便靠阅读和召集留学生对话来做补充。这些世界旅行其实是消耗了叔叔获得人生经验的时间，叔叔作为一个观光客的旅行其实造成了他人生里的空白。这些越来越频繁的空白分割了叔叔的人生，使他的人生断断续续，零零碎碎。它们使叔叔人生中有一部分时间做了旁观者，而叔叔对这段旁观者部分的时间却给予了莫大的重视和期望，将其余部分反倒忽略了。按我们的话，叔叔是以积极认真的态度，过一种虚无的生活。我们尽管对叔叔的出国旅行做此种批判，这却不妨碍我们积极地要求也来一次或几次出国旅行，因为旅行是人生一大乐事，尤其是公费国际旅行。

在这种国际旅行中，叔叔有否发生过情爱的故事，是我们经常议论的话题。在叔叔所写的观光文章中，有过几位使叔叔怀有亲切心情的女性。她们中有一位是台湾的作家，一位是香港的作家，另两位是从事汉学研究的德国人和美国人。这些女性全是能够操纵汉语的，从而也可使我们想象，如不是语言的问题，叔叔是可获得更多的情爱的机会与可能的。语言的问题使叔叔情爱的范围缩小了。叔叔以他热情的笔调描写这些女性，以及他和这些女性间的友爱关系，怎样的你来我往，情意绵绵。在这些公开的友爱之下，是否还会有一桩刻骨铭心的国际恋爱呢？我们曾问过叔叔。叔叔既没有说有，也没有说没有。他的态度模棱两可。然后他就向我们讲述以上那几位女性的故事，以此说明，他与她们的情谊其实已很深了。然而，这些交往总给人萍水相逢的飘浮之感。我想，假如我一定要讲述一个国际恋爱的故事，这便是故事的基础了。

现在，我要来讲一个想象的故事了，这是关于叔叔和一个外国人的情爱的波折。我将根据我已有的叔叔的材料，尽可能合理地想象这个故事，使其不致离题太远。关于叔叔的叙述到了这里，我非常需要这一个想象的故事，否则，叔叔的故事就不完整了，对于我们讲故事的人来说，无疑是个很大的遗憾和失职。我决定让那个德国女孩来充当这个角色，因为这个故事我用以强调的是民族的隔离感以及民族的孤独感，日耳曼民族将比美洲新大陆的移民更好地担任这个任务。我想象这女孩有一副很纯粹的日耳曼血统的形象：皮肤白净，金发碧眼，神情严肃，她是某大学研究院的学生，正攻读博士，论文是关于中国古代哲学家朱熹或者柳宗元的。她虽专业于中国古代哲学，对中国当代文学也颇有兴趣，翻译过一些文学作品。在叔叔旅行德国的日子，正逢假期，她就为叔叔做陪同和翻译。她以德国人惯有的严谨认真的工作作风，博得了叔叔的好感。在那些座谈会和报告会上，叔叔机智幽默又锐利的言辞也使得这个女孩十分兴奋，这对她从书本上得来的温良敦厚的中国人印象是一个生动活泼的补充。叔叔的言辞也激发了女孩的灵感，使她甚至重新领会到她本国语言中的机智、幽默及锐利。她非常迅速地将叔叔的语言翻译成她的语言，这时的感觉就好像她也进入了一种美妙的创作状态。叔叔虽然不懂德语，可是那些热烈的反应却正是他所预期的，因此，他猜出女孩的翻译非常出色。这些报告会总使他们兴奋不已，每每结束了还会谈论很久。每一次报告会上，叔叔穿了黑色的西装，女孩则是一袭白裙，端坐在讲台，给人们美好的感受。他们配合默契，各自发挥都很自如充分，获得了极大的成功。工作之余，他们也会谈论一些个人的事情，叔叔告诉女孩在中国的"文化大革命"中，人们悲惨的遭际，以及今天的思考与反省。女孩听得非常认真，严肃的神情中没有一丝轻佻的惊诧和浅薄的怜悯，有的只是对一个民族身受的灾难的尊敬的理解。然后，她说，在她的祖国德国，也曾经有过这样残酷的历史，那就是希特勒的时期。虽然那是在她出生之前，可是她的父辈却都是亲身经历。她说她却从未听过父亲们讲述二次大战中的遭际，这是他们的痛处，他们用四十年的时间去治疗它却也无法彻底痊愈。女孩的话使叔叔深受触动，他想：德国人的痛感是要比他本民族更为强烈，许多中国人将自己的伤疤视作光荣，这是一种什么民族习性呢？他将这个意思说了出来，女孩则认为是她的民族勇敢不够。两人讨论了很久，你驳斥我，我驳斥你，然后渐渐达到一致。这时候，叔叔和女孩都有一种感动的心情，他们觉得他们接触到了一个深刻的问题，并且在这问题上达到互相的理解。当时，他们都还没有意识到，其实他们对彼此理解的要求都是不高的：他们操纵两种语言的人，能够通话就已惊喜万分了。他们都没有意识到：他们为了对方听懂，是在用孩子一般的简单幼稚的语言通话。他们尽可能将各种复杂的思想简化，简化到可以用儿童语言交流为止。可是，在当时，他们的感动也是真实的。他们无形中将这种理解上升到了很高的境界。他们觉得，他们不仅是个人对个人的对话，而是代表了两个多灾多难的民族的对话。这一次对话，无疑是加深了他们间的友谊。当他们离开了一个城市，去另一个城市进行旅行演说时，他们已成为好朋友了。他们各自背一个背囊，手里则提了西装的袋子，登上火车。叔叔心里不免会有一种登上国际舞台的心情，他想他的生活已是一种国际化的生活了，在这种生活中，他多么自如啊！他望着他的德国伴侣，尤其觉得骄傲。他觉得这一个德国女孩的友谊和理解就像一架桥梁，沟通了他和世界民族的关系。他已经融入了人类，而不再是一个经过长期隔离而离群索居的孤独的中国人。而叔叔也很明白这样的道理，就是人类性和民族性的对立统一关系，于是叔叔反比以往更坚持他作为一个中国人的某些特征，比如，喜欢喝茶，喜欢中国菜，喜欢中国诗词，弘扬老庄的哲学，他随身总带有一些中国民歌的录音带，汽车一上高速公路，他便插入一盘，顿时，中国的歌声响起在异国的土地上。

这一天，由于叔叔要看看托马斯·曼生活过的地方，他们从汉堡到了吕贝卡，又从吕贝卡去了海边小镇特拉沃明德。这是一个阴郁的黄昏，游人们都回家了。风呼啸着，海水显得非常苍凉。他们决定在特拉沃明德过夜，明天一早再驱车赶回汉堡。他们找了一家旅馆，要了两个单人房间。这是一个家庭旅馆，共有三层，底层是客厅，由于天气寒冷，壁炉里生着火，火光映着炉前波斯花样的地毯。他们懒得出去吃饭，就让房东做了些汤，吃了些面包和炸土豆条，然后就坐在炉前地毯上烤火。这里的黄昏特别长久，暮色总是那么明亮。客人们都去那游娱场玩耍了，房东也不在，客厅里只他们两个。窗外听得见风声和海浪的呼啸声，屋内却很温暖。叔叔忽然想道：我这是在哪里啊！他觉得像是一个梦境，又像是一帧图画。他们随便地扯了些闲话，两人都有些疲倦似的，谈话中的停顿很多。

火光映着德国女孩细腻的脸颊，使她的表情柔和了许多。她穿了一件粉色的羊毛衫，脱鞋着一双白线袜，蜷腿坐在地毯上，背后靠了一个软垫。叔叔看了她一会，便想要去吻她。在叔叔产生接吻这个念头之前，他们也有过类似拥抱这样的行动，所以叔叔才会有接吻这样的念头。而其时，叔叔只是想接吻还是有更进一步的想法，接吻仅仅是开端的仪式，大约连叔叔自己也不甚清楚的。再则，叔叔想接吻是出于感情难以抑制的冲动，还是一种行为的有意味的选择，这也是连叔叔自己也不便向自己承认的。但是，叔叔这时候确实有了一个接吻的念头，叔叔当时并不知道这个念头会给他带来什么样的后果。他心里怀着悬念，便有些迫不及待了。他本来是坐在女孩的对面，即壁炉的另一侧，这时候，他便将自己的位置挪了过去，到了女孩的身边。他坐定后，先将手围住女孩的肩膀，如同他有时候所做的那样。女孩没有动，只是注视着火光出神。叔叔看着她垂着一颗红珠子耳环的耳垂，好像是在酝酿胸中的激情似的，他还看着她鬈曲的金发，凌乱地贴在脸颊上。然后，叔叔就用围着她肩膀的手扶过她的脸颊，让她和自己脸对着脸。女孩眼睛里闪过一丝惊惶与困惑的表情，但她立即以坚决的态度挣脱了叔叔的手，并且要站起来离去。其实，叔叔本可以拍拍她的肩膀，让她过去。这并没什么了不起的，不过是一场逢场作戏而已，其中并无多么重要的、要不得的内容。可是她的拒绝却使叔叔感到了难堪，几乎无地自容。这一刻里，叔叔甚至是后悔了，他想，他是多么愚蠢和冒失啊！同时，一种背水一战的心情攫住了他，他想，他反正是丢人了，于是，便一不做二不休地抱住了女孩。叔叔的动作由于紧张笨拙而非常生硬，大大地过了火，这使女孩以为面临了极大的危险，她奋力要推开叔叔，却推不开。女孩恐惧万端，却又无比高傲，她大声嚷了起来。情急中，她嚷的是德语，叔叔一句也听不懂。到了此时，其实还是有退路的，叔叔可以戏谑地、调侃地、像一个长者对幼者地，在女孩脸上亲一下，然后放开了她，就完了，事情就有收场了。可是，叔叔心里却充满了绝望，他觉着他完蛋了。他好像一个亡命徒似的，什么都不顾了。忽然间，对这女孩充满了刻骨的仇恨。由于这女孩固执的不服从，叔叔竟劈脸给了她一巴掌，紧接着，叔叔脸上也挨了狠狠的以牙还牙的一巴掌。女孩用德语说着些什么，他一句不懂。他看见这女孩忽然变成了一个陌生人，一个陌生的、高傲的、冷漠的外国人，他们之间丝毫不了解。叔叔不禁困惑地想：他们是怎样到得一处来的呢？女孩趁机抽出了身子，跳在一边，瞪着叔叔。叔叔看见了她的眼睛，她的眼睛里已没有恐惧的神情，却充满了厌恶和鄙夷的表情。叔叔突然破口大骂起来，他不知不觉中骂的全是他曾经生活过的那小镇里的粗话俚语，是那女孩从未学习过的，也是一句不懂。她狐疑地看着叔叔，觉得他也变成了一个陌生人，一个陌生的、粗鄙的、丑陋的中国人。叔叔使尽最刻毒的咒骂女人的话骂着，骂了个痛快淋漓。那女孩一扭头，跑上了楼梯，将卧室门摔了"砰"的一声响。叔叔还不饶不休地骂着，他好久没有这样骂人了，骂人的日子已经过去很远，恍如隔世。这时候，叔叔有一种时光倒流的感觉，他觉着自己好像又回到了很久的过去，重又变成那个小镇上的倒霉的自暴自弃的叔叔。他骂了好久才住口，站起身走过客厅，去到厨房，从冰箱里摸了一罐啤酒，再又回到客厅。他走起路来有些摇晃，酒醉了似的，脚底下被什么绊了一下，就跌倒了。他顺势躺在地上，脑后枕着垫子，两条腿伸开着，躺了个大字形。他一口一口地喝着啤酒，一会儿就喝完了一罐，头便有些昏沉。然后，他非常野蛮的，用脚指头揿开了电视，嘈杂的声音顿时充满在安静的房子里，他什么也看不懂，却还哈哈地笑着。他有些装疯似的，心里却很明白，他觉得自己无可救药了，一无希望了，希望不知在什么地方被戳破了，希望原来像个气球一戳就破，希望原来是个纸老虎，不堪一击！这是个无比黑暗的波罗的海的晚上，一个跨国界的波罗的海沿岸的情爱故事粉碎了，叔叔的梦幻破灭了。后来，叔叔躺在地毯上呼呼大睡过去，当他醒来时，天已黑了，客厅里没有开灯，电视已关了，角落的沙发上坐了一个白发苍苍却雍容华贵的老太太。她一动不动地坐着，叔叔想，她是在赌场里输了钱吗？然后又睡着了。他乏得很厉害，好像几百年没有睡过觉了似的。再一次醒来，他便嗅到了早餐室里飘来咖啡的香味。他这才起身上楼回到自己的房里，他的行李和刚到时的那样静静地立在房间中央，阳光照进窗户，他看见了海边沙滩上五颜六色的空着的帐篷。海边空无一人，旅游者还在路上呢！他头痛欲裂，想不起昨晚上发生过什么了。

这是一个可怕的夜晚，这个可怕的夜晚是用来启醒叔叔，告诉他：他其实是不幸的！可是这夜晚转瞬即逝了，没有成功。然而，这毕竟是一个序曲，或者说是引子。在距此不远的日子里，叔叔终究要明白他命运的真实面目了。叔叔明白他命运的真实面目的日子不远了，即将来临了。我已经将这个过程叙述得太久，有些失去耐心，这日子终于要来临啦！这最终的日子也是由一个孩子带来的，但这是一个中国孩子，一个男孩子，他的名字叫大宝。这时候，我才发现，我们几乎要把大宝遗忘了。在到此为止的叙述中，大宝总共才出现过寥寥几回：一是他的不被叔叔欢迎的出生；二是在叔叔的离婚事件中，他作为一项补偿条件为叔叔勉强接受。等到他第三次出现时，他已是一名青年了。

大宝没有考上大学。叔叔通过熟人给他找了份临时工的活儿干，说好干长了可以转正式工。铁矿离省城还有一小时的火车路，矿上有集体宿舍。叔叔这么安排是因为既对大宝尽了责任，大宝也不会妨碍他的生活。大宝是个沉默寡言的孩子，听凭父亲和母亲这样安排他的归宿问题，他不说一句反对的意见。他到了铁矿之后，从不和父亲联络。节假的日子，他也不往省城父亲处去，而是回小镇去看母亲。好像是有意避开父亲，他甚至不到省城搭火车，宁可乘长途车到另一个城市搭车。叔叔也好像有意避开大宝似的，过去有些时候还去铁矿走走，因为他是那边一本文艺杂志的顾问，如今却也一去不去了。渐渐地，他们父子就断了音信，他不知道大宝在那里做什么工作，工作得如何，有无转正的希望，内心也并不想知道，知道了又如何？知道一切都好，没什么；倘若不那么好，他又能做什么？因此倒不如不知道的好。他也不常和人提起儿子，当叔叔的离婚事件过去之后，人们多半记不起叔叔还有一个叫作大宝的儿子，以为叔叔是一个无牵无挂的单身汉。做一个无牵无挂的单身汉已成为时尚，我们中间的某些人，为此而不结婚，不成家，甚至也不工作，只写小说。他们不愿意在现实生活里肩负一点责任，责任使他们沉重，并且有失去自由的危险。而小说这一桩事，既可使他们在模拟中享受起伏跌宕的人生，又不必负责任，可避免伤筋动骨。但叔叔这一个无牵无挂的单身汉和他们是有着本质的区别。叔叔并不是像他们那样没有责任心，恰恰是相反，叔叔有着太重的责任心，他将责任这一桩事看得太重要，他将许多是他的或不是他的责任都揽到自己身上，以致彻底地被责任压倒，击垮。当他退下责任的舞台时，他感到怅然若失，于是，他便需要在一种模拟活动中承担责任，这模拟活动便是小说。因此，叔叔的无牵无挂之中有着一重失败的经验，而我们中的某些人却并没有。但是，叔叔和我们都没有充分意识到这区别，互相以为是做了同一战壕里的战友，找到了知音。所以，在内心里，叔叔是喜欢人们认为他是个无牵无挂的单身汉的。也因为这样，叔叔就愈加不提儿子大宝，也愈加不想儿子大宝了。大宝在叔叔的生活里又一次销声匿迹，保证了叔叔的自由。叔叔渐渐地，真的把大宝忘了。他似乎真的想不起自己有大宝这一个儿子了。他过着他的自由自在的生活，写着那些超脱于个人经验之上、俯瞰苍生的小说。有许多女孩以她们纯洁的爱情陪伴着叔叔，使叔叔不致彻底的孤单。他平均每年有一个季度的时间在国外度过，有此喧腾的生活做背景，写作的寂寞便也释解了许多。可是，就在这时候，在叔叔已经形成他崭新的生活方式的时候，在叔叔于他新型的生活方式中已找到节奏并适应的时候，在叔叔以为万事如意、高枕无忧的时候，却发生了一件事。

大宝得了肝炎，被矿山解除了临时工合同。他并没有告诉父亲，自己扛了铺盖回了母亲那里。叔叔是从大宝母亲的来信中得知这事的，他接信后就寄了一笔钱去，说给大宝养病，然后就再没有信来，叔叔以为这事就这样过去了，再没别的事了。他一点没有去想，大宝的病好了之后的事情，或者是大宝的病好不了之后的事情。大约是半年之后，大宝突然地出现在他的门前了。当叔叔看到这一个瘦弱的，脸色干枯，神情委顿的青年站在他门前时，竟没有很快认出他来。他想：这是哪里来的文学青年呢？文学青年是叔叔这些年里所接触的唯一类型的青年。这类青年总是以学生和读者以及崇拜者的面目出现在叔叔的生活里，使叔叔以为所有的青年都很爱戴他。他看见一个青年站在门前，刚想问他从哪里来，那青年却递上来一封信。他认出了他前妻的弟弟的字迹，也就是他昔日的学生的字迹，凡是叔叔前妻的信，都是由他代笔的。他这才认出了大宝，脑子里却恍恍的，好像做梦似的。但是，有一个感觉则从这时便平地而起，伴随着以后的日子，这是一种不吉祥的感觉，一种灾祸的预感，这预感告诉他：他的好日子已经过到头了。他接过了信，嘴里却反复地说："进来，进来，进来。"大宝经他反复邀请，才迟疑地举步。然后他又说："坐，坐，坐。"大宝也是经反复邀请，才将半个屁股搁在椅子上，然后慢慢地转动头看父亲的房间。这是他第一次来到父亲的家，父亲的家看上去有点古怪，有一半东西是他看不懂的，那都是父亲从国外带回来的日用品或者摆设。比如像大棒槌似的日本木头娃娃，比如没有写钟点的挂钟。父亲床上用的被褥不知怎么是粉红的，枕头、床单都缀有半尺长的花边，看上去花团锦簇，好像新嫁娘的床。大宝对了那床看了很久。后来，大宝对他父亲的仇恨，其实，都是从这一刻里由这张床引起的。这一年，大宝已经二十一岁了，在矿上做工时，耳朵里常听进一些关于男女间事情的粗话。所以，这时候，他心里想：父亲在这样的床上做什么呢？这时候，叔叔已经读完了信，他反复将这信读了两遍，才明白信里的意思，这意思是：大宝的病已好了一大半，让他回到父亲处再养养，同时，也帮大宝再找个省力的工作，因得过这场病后，做工是做不动了。叔叔将信搁在桌上，他感到头很痛，这是比他平时起床时间提早了两个小时的时间。他用两个大拇指按摩着太阳穴，按摩了很长时间。等他放下胳膊时，看见了大宝迅速逃开的眼睛。这使他产生一丝不快的心情，他觉得大宝在窥视他。他还看出了大宝有一种猥琐的神情。他就像大宝刚出生的时候那样，又一次想道：这孩子与我有什么关系呢？然后，他对大宝说：你休息一会儿，我去洗个澡，我们去吃早饭。大宝听见洗澡间里响起了水声，这水声不知怎么会使他产生一些猥亵的联想，他想：为什么要早上洗澡呢？

关于叔叔和大宝见面的情节，是由我根据后来发生的事情，想象而成的。后来发生的事情提供了很大的想象的余地，足够很多人编很多故事。我的故事马上就要接近最重要，也是最高潮的段落，所有的准备都按我预先的布置做好了。这故事看起来不像是叔叔的故事，倒像是我策划的一个阴谋，这个阴谋就是叔叔的命运的真实面目。叔叔走出了很远，最终却还是堕入了他命运的真相的陷阱。为了逃避厄运的阴影，叔叔做了偌多的努力。所有的人，包括叔叔自己，都以为叔叔是个幸运的人。命运为了模糊叔叔的视听视觉，造成误会，不惜给予了叔叔偌多年的幸运。这样做又好像是蓄意要在叔叔最不防备、最最大意、最最歌舞升平的时候，给予致命的一击。那偌多的幸运，不过是苟且偷欢，不过是一段插曲。可这一段插曲是多么激动人心，令人鼓舞，使人陶醉。最近的哲学要我们相信瞬间的意义，告诉我们历史由瞬间组成，每一个瞬间都是真实的，我们只须尽情享受这片刻的快乐和含义。可是叔叔这一代人已将瞬间与瞬间联成因果的锁链，拆链子的工作是应由另一代人来完成的。叔叔已无法面对独立的瞬间，叔叔的不幸的瞬间有着巨大的覆盖力，它将所有快乐的瞬间覆盖。因为不幸的瞬间是命运，是宿命，是逻辑；而幸运的瞬间是沙上的城堡，是海市蜃楼，是逻辑里美丽的歧义。叔叔终于说：原先我以为自己是幸运者，如今却发现不是。发现不是的这一天我们马上就要接近了，但我们还须耐心，其间还有一些来源于想象和推理的细节。这是我们编故事的人最容易激动又最容易性急的时候了。而我一直以为自己是快乐的孩子，却忽然明白其实不是的，这一日情景陡地回到眼前，我重又经历了心如刀绞的日子。这痛楚使我体验到了叔叔的痛楚，叔叔的故事从我的故事上历历地走过，使我的个人情感的无聊的故事有了意义，这就是我们讲故事的人通常所要做的。

现在，我故事使用材料的选择范围越来越窄，许多种可能和机会都排除了。故事已经到了这样的地步，它自己已具备了发展的动力，不允许任何犹豫不定和模棱两可，它只有一种选择了，无论对与错，它已别无选择。

现在，大宝和叔叔坐在了一家新开的餐馆里喝广式早茶了。叔叔总是对大宝说"请"啊"请"的，使得大宝拘束不安，每件点心，只略动动筷子便停下了。叔叔想到他的肝病还没有全好，也就不硬劝了。吃到快结束的时候，叔叔问大宝对今后有什么打算，大宝低了一会头，才说：就按母亲信上说的办。叔叔又问，大宝自己的意思是想做个什么工作呢？大宝先不说，后来经不起叔叔再三问，才说：要能到父亲单位里谋个坐机关的事就好了。这回他虽然没提母亲的名义，叔叔却听出这明显是他母亲教导的口吻，就说：本机关是不好说了，这样的单位，连大学毕业生都难进来啊！不料大宝却紧接着说：大学毕业算得上什么？像父亲这样的身份，一旦开口人家万难回绝的。大宝的话使叔叔很吃惊，他没想到表面木讷委顿的儿子有这样敏捷的应对，说话又很世故。更使他意外的是，儿子虽说多年不照面，看来对他却还是相当注意的。叔叔心里像梗了一件东西，很不舒服。停了一会儿，才回答说：正是这样，自己就不能轻易开口而使别人为难了。这一回，大宝没再说什么，可是叔叔却从他脸上看出一丝不相信什么的表情。然后他就叫小姐过来结账，说，走吧。走出餐厅，他把钥匙交给儿子，说他要去单位开会，请大宝自己回家去休息吧！父子二人在街上分了手，各自朝各自的地方走去。这天上午，叔叔到单位的时候，人们刚刚来上班。见他来，纷纷问他是不是有什么事情。因为他平时是不来机关的，甚至有的领工资的日子，他也不来，而是在下一个领工资的日子里，一起领走。他的信件在传达室里专门放一个格子，直到放满，便用尼龙纸绳捆扎一下，请人骑车送到他家。所以，这时候叔叔突然到了机关，人们就很新鲜。叔叔坐在那里和大家聊了一会天，就说要走，他没有告诉别人关于他儿子的事情。他到传达室将自己的信件领走，然后就到了街上。他先在街上很自信地走了一会儿，接着就犹豫起来，他想不出他应当去什么地方。有一时，他恼怒地想道：儿子把他从自己家里赶出来了，他倒变得无家可归了。然后，他就往我们的一个朋友家中来了。应当说，这朋友见叔叔突然上门是很奇怪的。因为平时都是我们上叔叔家去，如要上我们这些人家里来，一定是事先邀请的。所以他第一句话就是：有什么事吗？叔叔被他问得有些难堪，但很快就镇定下来，微笑着说：没事就不能来吗？我们那位朋友这时刚从被窝里爬出来，邋邋遢遢的，很狼狈。房间里没开窗，一股烟味和脚汗味，十分难闻。叔叔只得坐在满地烟蒂当中一张破椅子上，等待他到洗手间梳洗。他一个人坐在这乱糟糟的房间里，心里感到非常委屈，他想：一觉醒来他成了一个无家可归的人了。等那朋友从洗手间出来，叔叔就说：咱们上谁谁家去吧。这也是我们中间的一个朋友。于是，叔叔就坐在那朋友的自行车后架上，去往另一个朋友家。就这样，一共召集起有男男女女的五个人，时间已到中午了，叔叔就提议去吃火锅。我们这一行人是打家劫舍惯了的，听有人要请客，一个个都很踊跃。到了餐厅，叔叔对大家说：你们点菜，我去一下厕所。其实叔叔并没有去厕所，而是悄悄去打了个电话，告诉大宝他的会半天开不完，下午还要接着开，中午不回家吃饭；他呢，可以到楼下街口铺子里吃，也可以自己做着吃，冰箱里有鸡蛋什么的。电话里只听大宝嗯了一声，就挂了。这顿午饭，我们直吃到下午三点，我们谈论的话题主要是艺术的形式的问题，我们的谈论一直横跨了从文艺复兴至今天的五六个世纪。当时，我们谁也没有注意到叔叔的表情有什么特异之处。他和平时一样地吃，一样地喝，一样地发表具有总结意义的观点，当我们欲罢不能的时候，也如往常那样，提出到好就收，大家便起身散席。就在出餐厅的路上，叔叔却又提议去谁家喝咖啡。过后，我们回想这天，才发现叔叔确是没有地方可去的样子，和平日里谁想留他谁也留不住的情况判若两人。这天，我们就到了我们中间某一个住房比较宽敞的朋友家中，冲了咖啡，还去买了烧鸡大肠什么的，一聊聊到了晚上十一点。这是非常痛快的一天，过后，谁也记不得事情是怎么发起的，我们只有经过慢慢地回忆，调查，才想起事情的起源。下午四点多钟的时候，叔叔倚在沙发上睡着了，打起了响亮的鼾。主人给他盖了一条毛毯，依然大声聊我们的，却并没有把叔叔吵醒。他这一觉直睡到了六点，天已黑了，因为这是一个昼短的冬日。叔叔躺在人家的破沙发上，睁开眼睛，看着窗外深蓝色的天空，有一会儿心里非常静谧。房间里烟雾腾腾，暖意融融，争吵声此起彼伏。叔叔静静地看着我们，觉得这一个时刻又和平又安宁。

夜里十一点钟，叔叔终于一个人走在回家的路上。他流浪的一天过去了，他终于要回家了。这时候，他想起了大宝，他想起大宝在他的家里等他呢！这一晚，他们怎么睡呢？难道他们父子就睡在一张床上？不行！叔叔断然否定了这个方案，他是无论如何不能和大宝睡一张床的。当然，他和谁也是无论如何不能睡一张床的，他在心里又补充了一句。这时候，他才开始认真考虑如何来安排大宝了。一旦想起必须要为大宝在省城找工作，他便觉得一阵心烦，他决定还是去和铁矿商量，给大宝安排一个轻松的工作。他回到家里时，大宝还没有睡，给他开了门，然后便闪在了一边。他说，大宝，你睡客厅的沙发上吧。大宝没吭气，他就抱给大宝枕头被子。他又说，大宝，你去洗洗吧。大宝就说，你先洗。他没再推让，洗过之后径直上了床，进卧室门时，他考虑了一下，是否要锁门。他想他如不锁门会睡不好，可是又觉得要锁了门，就太见生分了。所以他就没锁。他躺进被窝之后，才发现自己这一天过得又疲乏又紧张，浑身骨头酸痛。他还觉得这夜晚的时间非常宝贵，他可以不与大宝相对，他可以一人独处了。他生怕很快就会天亮，感到夜晚的时间已经不多了。想到这里，他又是一阵紧张和烦恼。他听见大宝进了洗澡间，有放水的声音。大宝在洗澡间里待了很久才出来。第二天早晨，叔叔上厕所时，闻到厕所里有劣等香烟的气味。这一晚上，他们父子在一个屋顶下，相安无事地度过了。

第二天早上，叔叔把他昨天考虑的结果告诉了大宝，意思是还让他回铁矿上去，当然，这回要找一个轻快的事做。不料大宝很坚决地说，他不去矿上。叔叔不由一怔，停了一会儿，又说：铁矿是个大企业，国家级的，将来转正的可能性会比较大。可大宝还是说：他不去矿上。叔叔有点恼怒，就问为什么不去。大宝说，好马不吃回头草。叔叔不觉又好笑起来，说，这算是个什么理由！可是大宝很坚决。叔叔这才无比惊愕地发现，大宝是有自己的意志的，尽管这意志很荒唐，带了一股乡里人短见识的冥顽不化。这使叔叔明白无论怎么多说都是无效的。他有些气急败坏，一甩手就走出了家门，在街上闲逛着。其实，叔叔本来并不是一定要大宝回铁矿的，这也不是他想叫大宝回就能回得了的，这只是许多种尝试中的第一种尝试，叔叔本不必过于坚持。可是一经大宝这样固执地回绝，叔叔忽然就觉得大宝是非去铁矿不可了：叔叔觉得假如大宝不去铁矿，就再没有第二条出路了；大宝没有出路，他便只能在街上游荡，他也就没有出路了。一时间，铁矿成了叔叔和大宝两代人的出路，大宝不去铁矿，他们两代人的生活就都给毁了。他气恨恨地在街上走着，同时还思量着，要去哪里。他想着想着，就走到我们中间的另一个朋友家里。后来我们曾经设想，假如这天我们那朋友没有出门，而是在家，留住叔叔，再像前一天那样度过很快乐的一天，直到晚上，也许叔叔的火气平息了，思想也转变了，事情就会是另一个样子。可是，偏偏我们这位朋友一大早就出门了。他从来是傍晚才起来，才开始一天的生活的。可是这一天他偏偏一大早就出门了，为了一件极无聊的事，去买一件T恤衫。他不知怎么想起来要去买一件T恤衫，其实，这远远不是穿T恤衫的季节。叔叔碰了锁，只得又回到街上。碰锁使他非常沮丧，他想，他的生活全叫大宝搅乱了；他想，由于大宝的到来，他只能过这样狼狈的生活，这样颠沛流离的生活。他忽然就转过身，往回走去。他一进门就对大宝说：他还是要去矿上。大宝还是说不去。叔叔再没料到大宝是那样难打发，他心里充斥了一种失败感，并且击败他的对手是他根本没放在眼里的一个对手，这使他又平添了一层怒气。他对大宝说：他是不求人的，为了他大宝已经破了例，他大宝不应当再有过分的要求；他本来也并没有欠下他什么，是他自己没考上大学才招来这一连串的麻烦；他对他的责任尽到此也尽得足够了，他不应当再妨碍他了；而他现在已经很妨碍他了，他没法在家里写作了；单位里分他这套房子，不仅为了他的生活，也为了他的工作；可是，他现在无法工作了。叔叔忽然变得非常琐碎，非常啰唆，娘们似的。他喋喋不休地说着这些，一直说了很长时间。然后，大宝就站起身走了出去。这一天，大宝是在街上度过的。可是这并没有换来叔叔的平静，他反而更气恼了。他正吵得得劲时，对手却忽然跑了，这使他一肚子火气没了地方发泄。他手插在裤兜里，在三间房里走来走去，好像一头困兽，他想：大宝你走了，还能不来了吗？他想：大宝你有种一去不来了倒也好了！他还想：大宝你要不来了，我算服你了！这天他在家里没有写一个字，情绪非常糟糕。到了下午，他所喜爱的一个女孩来看他，可是，他的心情是那么糟糕，什么事也没干成。那女孩走了以后，叔叔想，他还能干成什么事呢？他这时发现大宝已经将他生活的基础颠覆了，他想：大宝一个青年如何会有这么大的破坏力呢？他想，大宝的事情一定要尽快解决，这是刻不容缓的。于是，他便等待大宝回来，好与他再进行一轮争执。可是大宝却迟迟不归。叔叔的等待便越来越焦躁了。他想：大宝你以缺席不到庭来与我抗争啊？夜里十二点以后，大宝才回来，叔叔已经睡了。大宝看见叔叔留给他的字条，上面写着：大宝你必须去铁矿，这是我唯一能为你做的，否则你就回你母亲那里去！大宝将字条团了，然后就也睡了。这一晚，他们父子在一个屋顶下，又相安无事地度过了。

第三天，叔叔和大宝都没吃早饭，他们直到中午才起床，叔叔正在心里紧张地筹划怎样再一次对大宝开口，不料大宝却先对他说话了，他向叔叔要几块零花钱。他的要求使叔叔明显感觉到挑战的意味，他冷冷地说：要钱做什么？买烟？当时大宝没再说话，叔叔也没有掏出一分钱给他。两人各在一间屋里，一直到天黑，两人在厨房里又碰到了。大宝还是说，要几块零花钱。叔叔发现大宝的执拗，叔叔的执拗也上来了，他说没有。两人草草弄了些饭吃，又各自到了一间屋里，此后就再没说话。第三天也过去了。

我们是在事情发生以后再去设想大宝的心情的。如同后来大宝自己说的那样：他原本是不愿意来父亲处的，他和父亲毫不亲近，父亲又是个"大名人"——这是大宝的原话；可是母亲却一定要大宝去省城，并且，为了怕大宝退回来，她采取了断大宝后路的办法，她不给大宝一块钱，只让大宝去向父亲要。她深知大宝是个懦弱的孩子，不这样的话也许他第二天就跑了回来。大宝便是在背水一战的处境底下来到父亲这里的。在他举手敲父亲家门之前，他已在火车站停留了三个小时。火车是半夜到的，他想半夜里去敲父亲的门是很不合适的，于是他就坐着等待早晨的到来。等待天亮的时候，他心里茫茫然的，对此行的前景一无所料。他想不出父亲会怎么对待自己，他也想不出人怎么还会有个父亲，如果没有父亲的话，母亲就不会把他赶出来了。他想他所以被母亲这样赶出来就是因为有个父亲的缘故。而他又惯于服从母亲。他知道这世上唯有母亲一个人疼他。父亲呢？有和没有是一样的。所以他不能反对母亲，也所以，他没看见父亲的时候对父亲已有了成见。天亮之后，他慢慢地走在街上，拖延着要去见父亲的时间。他想这城市那么大，大得大而无当，和他有什么关系呢？他所以要到这大得骇人的城市来，全是为了找他的父亲。他一时上觉得自己孤苦得要命，就像一个无家可归的流浪儿，非要去找他父亲不行了。和父亲见面的一刻使他又难堪又紧张。这一天吃过早茶后，父亲让他自己回家，其实他已经忘了家是在哪里，而且地址又留在家里，没在身上。由于紧张，他甚至忘记了来时的道路。可是他没有向父亲开口，他只是凭着模糊的记忆瞎走。父亲住在那片单元房子，是有几十幢楼，面目划一地站成几排。他走错了许多回，用钥匙去开人家的门，冒着被人当作小偷抓走的危险。后来，他终于找到了父亲的家，开进房间，人几乎虚脱。他一个人在父亲的家里待了一天，没有吃没有喝。虽然父亲中午来过一个电话，让他出去吃或者在家自己做。出去吃他没有钱，在家吃他不会弄煤气，也不知锅碗瓢勺的位置，父亲的东西他都不敢随便碰。而且他也并不觉得饿，他只想吸烟。烟卷是大宝唯一的伙伴。他也记不起究竟是什么时候结交的这位伙伴，有了它，大宝就有了安慰，有了指靠，做什么心里都有了底似的。在家时，母亲不让吸，他就偷偷吸。后来到了矿上，没人管束了，而且矿上没一个人不吸烟的，他也就放开了吸，瘾就大了。再回到家里，瞒也瞒不住。反正母亲面前他就不吸，等到了母亲背后他再吸。而母亲见了他手指上蜡黄的烟油印，也知他戒不了，便睁眼闭眼由他去了。渐渐地，他没饭可以，没烟却不行了。这一天他就是凭了吸烟度过的。夜里，他在父亲的沙发上几乎一宿没睡，他想这才只一天，往后的日子怎么过呢？父亲究竟打算怎么安置他，怎么打发他。他又想到自己的病，心想年纪轻轻的有了这病，要养过来还好，养不过来呢？照这样在父亲家，熬也要熬死了，还养什么病呢？他越想越绝，躺在窄窄的沙发上，翻身都不敢，怕把父亲的沙发压陷了，就这样到了天明。这已是两个夜晚没有好好睡了。第二天一早，父亲就说让他回铁矿的话，回铁矿违背了大宝做人的原则。他虽然二十年来卑微得像根路边的野草，可也是有原则的，这原则也是轻易不可违背的。当父亲出去一趟再又回来，再一次要他去铁矿时，他内心可说是有一些悲愤交加了。他想他母亲非要他来找这他不情愿来找的父亲；他父亲非要他去他不情愿去的铁矿，他简直没有路可走了。后来，他到了街上，在街上胡乱走了一遭，最后又来到了火车站。他非常想回母亲那里，却没有钱，他烟也断顿了。脑子昏昏沉沉的不好使，且又饥肠辘辘。他心里开始恨父亲了，他想他父亲一人住了三间屋，睡那样新嫁娘睡的床，用的使的都是那样高级，连名都叫不上来。他想他父亲过得这么好，他却只能坐在火车站里，大宝不禁流泪了。就这样，大宝在火车站里度过了他挨饿的第二天。到了第三天，大宝有些支持不住了，他的身心都已临了崩溃的边缘。他迫切需要烟卷，以保持镇定。生性怯懦的大宝便向父亲开口要钱了。在他心里，隐隐的还有一个更加怯懦的念头，那就是假如父亲给了他钱，他也许就妥协，同意回铁矿去。他在心里暗暗地用烟卷和原则做了交易。可是父亲一口拒绝了这桩买卖，连商量的余地也没有留下，大宝真正绝望了。这是大宝在父亲家里度过的第三天。

　　第四天上午，刚吃过早饭，就听见有人敲门。大宝本不打算去开门的，因为他晓得来人不会是来找他，可是叔叔刚进了厕所，门又敲了一阵，大宝只得去开门了。却见门口站了一个女孩，很苗条的身材，脸白白的，眼黑黑的。大宝低下了头，不敢看她。她好奇地看看大宝，自己进来了，从大宝身边过去时，肩膀轻轻地擦了一下大宝胸脯的地方。那女孩自己就跑进了叔叔的卧室，对了大镜子左顾右盼地照着。大宝坐在对面的客厅里，从半开的门缝里觑着她。过了一会儿，叔叔从厕所出来了，进了卧室，把门关上了，大宝就什么也看不见了。叔叔的房门整整一上午都关着，里面偶尔传出说话声和笑声。大宝坐在房门外面的客厅里，坐了整整一个上午。我想，这一个叔叔所喜爱的女孩在这一个时候到来，对以后发生的事情是应当负一定的责任的。这在某一种程度上刺激了大宝，使大宝的情绪狂躁起来。已经长大的、在矿里听了许多男女间的下流故事的大宝，对卧室里的情景一定产生了许多猜测。从这些猜测出发，大宝还会产生出许多疑问。他想：父亲却和一个与自己一般大小的女孩关上房门做那样的事。他想：那女孩是谁家的女孩呢？他接着还会想：他大宝至今还没沾过女孩的边呢！他们父子两代人的生活真是有天壤之别啊！到了中午时，父亲的房门终于开了，那女孩走出来了，走过客厅时，瞥了大宝一眼。大宝看出这眼睛里有一层轻蔑他的意思，使他自惭形秽。此后一整个下午，他都是在这自惭形秽的情绪里度过的。父亲的一切都使他自惭形秽，他觉得自己像个叫花子似的，在这里坐了一天又一天，坐了一夜又一夜，依然没有钱买烟。大宝的情绪开始变得骚动不安起来，而叔叔却一无觉察。

　　叔叔决定采取冷战的办法使大宝屈服。他想如若他让了一次步，就会有第二次让步，他会步步妥协，而大宝则步步紧逼。他已逐渐镇定下来，并且有了耐心，决定打一场持久战，他决定在这房子里如从前那样生活，有没有大宝都一个样。他照常读书，写作，接待女孩，只有这样，他才可最后赢得这场旷日持久的战斗。每当他从自己房间出来，看见客厅里坐着大宝，就觉得这大宝不是大宝，而是他过去的女人，用来要挟他的一个武器，一个象征物。他过去的女人，竟企图用他过去的生活遗迹来要挟他，他必不能让她得逞。所以他就更做得潇洒，进进出出，有时还吹着口哨。他一点没有发现，危险正在悄悄地逼近他，他已经危机四伏了，而他一点察觉也没有，兀自走来走去的。

叔叔有意冷落大宝的战术已被大宝体察到了。他激动不安地想：他为什么不来与我说话？他什么时候再来与我说话呢？他等待父亲来与他说话，等待使他骚乱不已，他手脚冰凉，微微哆嗦着。他好像一头落入陷阱的小兽，没有人来救他。有一两次叔叔进屋没有把门关严，他从门缝里看见叔叔倚在那张粉红色、荷叶边垂地的新嫁娘的床上，悠然自得地看一本书。狂躁的情绪逐渐地高涨起来，他觉得这父亲不再是父亲，而是他大宝的克星，他大宝的克星在奚落他呢！他大宝二十多年的一生就是受奚落的一生，至今还没有得到一点补偿。危险来临了，大宝对这危险是有预感的，可惜他的头脑还不能够破译这危险的预感。他手脚打着颤，脸上却露出了奇怪的笑容。

如果大宝的母亲在场，她便会发现这父子俩全都有在绝望的时刻露出微笑的特征。这不知来自一种什么意义的遗传，在这样的时刻，他们父子竟有着惊人相似的面容。

这时候，没有人意识到危险的来临。他们甚至还在一起吃了一顿午饭和一顿晚饭。然后，天就黑了。叔叔打开了电视机，他们父子一人坐了一个角落地看电视。电视的节目演了一个又一个，大宝忽而又焦急地想：他什么时候与我说工作的事情呢？他觉得他挨不到明天了，因为今天与明天之间，还隔了一个迢迢的黑夜，他挨不过去了。可他又不能自己先说，大宝觉得自己是抢不了父亲先的，他只有等待。当电视最后的节目演完，屏幕上出现了"再见"的字样，叔叔懒洋洋地站起身，关了电视，往自己房间去了。大宝绝望地想道：他再不会与自己说工作的事情了，他想他的等待再不会有结果，而最后一个机会也过去了。最后刺激大宝对父亲的仇恨的，是叔叔在洗脸间里的刷牙声。牙刷在丰富的泡沫中清脆地响着，响的时间非常之久。大宝站起身，走到厨房，拧亮电灯，四下里看着，许久他也没有明白他是在找什么。后来，当他的眼睛无意地落在了他要找的那东西的上面，他才明白，他将他要找的东西握在手里，掖在衣服底下，回到了他日夜栖身的客厅沙发上，然后关了灯。

大宝躺在黑暗中，等待叔叔睡着。他以为他已经等待了很长的时间，他以为黑夜已经在他的等待中过去了大半，黎明的时刻即将来临，他以为这正是人人进入梦乡的万籁俱寂的时刻了，他悄悄地站了起来，手里紧握着那东西，那东西已被他的身体暖成温热的了。他的心里忽然变得轻松了，甚至有几分愉快，长久的等待终于要实现了似的。他轻轻地走过走廊，来到了叔叔的卧室门口。他停了停，然后脱了鞋，这样可以使脚步轻得像猫一样。他推开了门，却被门内的光亮炫了眼睛。他没想到这时屋里还大亮着灯，他父亲正站在床边，整理着枕头，准备上床，当他回过头，略有些惊愕地张了嘴，看着大宝时，他口腔里牙膏的清凉的气息，散发在了空气里。大宝朝着叔叔举起了手里的东西，那是一把刀，不锈钢的刀面在电灯下闪着洁白的光芒。叔叔怒吼道：流氓！随着这一声怒吼，大宝的头脑似乎一下子清醒了，他刹那间明白了，他从小到大所吃的一切苦头，其实全都源于这个男人。他所以这样不幸福，他所以这样压抑，这样走投无路，全都源于这个男人。这个男人现在好了，可他却还在受苦，他多么苦闷啊！他的没有工作、没有前途、没有买烟的钱，他失去了健康的身体，全源于这个男人。他把刀向这个男人挥去，这个男人避开了，并用一只手握住了他的手腕。

叔叔握到了大宝的手腕，心里升起了一个念头：这个孩子竟要杀他了。叔叔看见了这个孩子因仇恨而血红血红的眼睛，他想：很多孩子爱戴他，以见他一面为荣幸，这个孩子却要杀他。叔叔看见了这孩子的瘦脸，抽搐扯斜了他的眼睛，两个巨大的鼻孔一张一翕着，嘴里吐出难嗅的腐臭的气息，他无比痛心地想道：这就是他的儿子，他的儿子多么丑陋啊！而这丑陋却是他熟悉的，刻骨铭心地熟悉的，他好像看见了这丑陋的面孔后面的自己的影子，看见了这张丑陋的面孔就好像看见了叔叔自己。叔叔不忍卒睹地移开了目光，为了把全身的力量都聚集在手腕上，而咬紧了牙关。

大宝为了挣脱手腕而扭曲了身体，他的手腕在父亲的大手里蛇一般地扭动，那把切西瓜的大刀便甩过来甩过去，闪烁着光芒。他们僵持了很久，双方都消耗了体力和耐心。疲惫的感觉似乎更加激怒了大宝，他狂暴地挣扎着，叔叔一个不防备，竟被他挣开了手去，随后他便不顾一切地朝叔叔横劈一下，竖劈一下，有一下劈到了叔叔的手臂，流血了，血滴在地毯上，转眼变成酱油般的褐色斑点。滴血的时刻忽然使叔叔想起大宝出生的场面：一轮火红的落日冉冉而下，血色溶溶，男孩呱呱落地。血液冲上叔叔的头脑，叔叔怒火冲天。他有些奋不顾身，大抡着手臂朝大宝揍去，大宝头上脸上挨了重重的几下，鼻子流血了。叔叔凛然的气势压倒了大宝，大宝的狂暴由于发泄渐渐平息，他软了下来，刀掉在地上，然后他就咧着嘴哭了，鼻血流进了嘴里。叔叔像个英雄一般，撕下一只睡衣的袖子，包扎好手臂上的伤口，大宝的哭声使他厌恶又怜悯。伤了一条手臂的叔叔极有骑士风范，可是他刹那间想起：他打败的是他的儿子。于是便颓唐了下来。将儿子打败的父亲还会有什么希望可言？叔叔问着自己。这难道就是他的儿子吗？他问自己。大宝蜷缩在地上，鼻涕、鼻血，还有眼泪，污浊了面前的地毯。叔叔忽然看见了昔日的自己，昔日的自己历历地从眼前走过，他想：他人生中所有的卑贱、下流、猥琐、屈辱的场面，全集中于这个大宝身上了。这个大宝现在盯上了他，他逃不过去了，他躲得了初一躲不了十五！这一夜，叔叔猝然地老了许多，添了许多白发。他在往事中度过了这一夜，往事不堪回首，回忆使他心力交瘁。叔叔不止一遍地想：他再也不会快乐了。他曾经有过狗一般的生涯，他还能如人那样骄傲地生活吗？他想这一段猪狗和虫蚁般的生涯是无法销毁了，这生涯变成了个活物，正缩在他的屋角，这就是大宝。黎明的时刻到来得无比缓慢，叔叔想他自己是不是过于认真，应当有些游戏精神，可是，谁来陪我做游戏呢？

这一个夜晚，我们都在各自家中睡觉，睡眠很香甜，睡梦中日转星移。我们各人都遇到了各人的问题，有的是编故事方面的，有的是情爱方面的，我们都受了些挫折。在白天里，我们受挫折；黑夜里，我们睡觉。我们甚至模糊挫折和顺利的界线，使之容易承受。

我们将这两个截然相反的概念换过来换过去，为了使黑暗在睡眠中安然度过。我们这样做不是出于经验的教训，而只是懒惰。可是叔叔度不过这黑夜了，叔叔无论怎样跋涉都度不过这黑夜了。叔叔是这世界上最后一名认真的知识分子，救救孩子的任务落在叔叔的肩上。

叔叔一夜间变得白发苍苍，他想，他再不能快乐了；他想，快乐，是几代人，几十代人的事情，他是没有希望了。被践踏过的灵魂是无法快乐的，更何况，他的被践踏的命运延续到了孩子身上。那一个父与子厮杀的场面永远地停留在了叔叔的眼前，悲惨绝伦。孩子不让你快乐，你就能快乐了吗？叔叔对自己说：孩子不答应让你们快乐，你们就没有权利快乐！叔叔对自己说：孩子在哭泣呢！叔叔几十年的历史在孩子的哭泣声中历历地走过，他恨孩子！可是孩子活得比他更长久。

我们是在这个夜晚过去很久以后，才隐约地知道。对此叔叔缄口无言，可是俗话说世上没有不透风的墙，渐渐地，我们就知道了。我们大家一起来设想这个场面，你一言，我一语的，将它设想成哈姆雷特风格的雄伟的图画，我们说这是一场惊心动魄的悲剧。我们已经习惯了以审美态度来对待世界和人，世界和人都是为我们的审美而存在，提供我们讲故事的材料。生命于我们只是体验，于是，一切难题都迎刃而解，什么都难不倒我们。我们干什么都是为了尝尝味道，将人生当作了一席盛餐。我们的人生又颇似一场演习，练习弹的烟雾弥漫天地，我们冲锋陷阵，摇旗呐喊，却绝对安全。这种模拟战争使我们大大享受了牺牲和光荣的快感，丰富了我们的体验。然而，我们并不知道，我们的战斗力，我们的反应的敏锐性，我们的临场判断力，在这种模拟战争中悄悄地削弱。当危险真正来临时，我们一无所知。我们还根据我们的意愿想象这世界，我们的意愿往往是出于一种审美的要求。叔叔的那一个真刀真枪的夜晚久久不为我们理解，与我们隔离得很远。但是，叔叔的关于他发现了命运真相的新的警句在我们中间流传。有一天，在我的生活里，发生了一点事故，这事故改变了我对自己命运的看法，心情与叔叔不谋而合。这事故虽然不大，于我却超出了体验的范围，它构成了我个人经验的一部分，使我觉得我以往的生活的不真实。

为什么这事故能抵制了我一贯的游戏精神，而在心里激起真实的反应？那大约是因为这事故是真正与我个人发生关系的，而以往的事故只是与别人有关。我们是非常自私的一代，只有自我才在我们心中。我们的游戏精神其实是建立在个人主义基础上，无论是救孩子还是救大人，都不可使我们激起责任心而认真对待。只有我们真正地自己遇到了事故，哪怕是极小的事故，才可触动我们，而这时候，我们又变得非常脆弱，不堪一击，我们缺少实践锻炼的承受力已经退化得很厉害。这世界上真正与我们发生关系的事故是多么少，别人爱我们，我们却不爱别人；别人恨我们，我们却不恨别人。而我恰巧地，侥幸而不幸地遇上了一件。在这时节，叔叔的故事吸引了我，我觉得我的个人事故为我解释叔叔的故事，提供了心理的根据；还因为叔叔的故事比我的事故意义更深刻，更远大，他使我的事故也有了崇高的历史的象征，这可使我承受我的事故的时候，产生骄傲的心情，满足我演一出古典悲剧的虚荣心。我们讲故事的人，就是靠这个过活的。我们讲故事的人，总是摆脱不了那个虚拟世界的吸引，虚拟世界总是在向我们招手。我们总是追求深刻，对浅薄深恶痛绝，可是又没有勇气过深刻的生活，深刻的生活于我们太过严肃，太过沉重，我们承受不起。但是我们可以编深刻的故事，我们竞赛似的，比谁的故事更深刻。好比曾经沧海难为水似的，有了深刻的故事以后我们再难满足于讲述浅薄的故事。就这样，我选择了叔叔的故事。

叔叔的故事的结尾是：叔叔再不会快乐了！

我讲完了叔叔的故事后，再不会讲快乐的故事了。

1990 年 8 月 2 日沪

1990 年 9 月 13 日沪

选自《收获》1990 年第 6 期

作家的话 ◈

新时期的文学是以诚实著称的文学，我们自由而勇敢地面对自己，真挚地将我们的新发现告诉给许多倾听的人们，我们多么感谢人们的倾听，他们和我们彼此不再感到孤独。现在，我们对自己的挖掘到了深处，到了要使我们疼痛的地心了，我们怎么办？

接触到深处我们遇到了坚硬的保护的外壳，掘进遇到了困难。我们的困难是双重的：一是智慧上的，我们往往会迷失了方向，不明白什么是纵深的发展，什么则只是横向的徘徊；二是勇敢上的，我们不知道将我们深处最哀痛最要害的经验开发出来，会遭到什么样的消费的命运，我们忐忑不安。

我经历了一段游离的时期。在这个时期里，我与我个人的经验保持了距离，我将注意力放在别人的经验上，以我在成长中的认识去解释这些经验。我还将注意力放在小说的叙事方式上，我总是醉心于小说的完美形式。然后，我有整整一年没有写小说，一年之后，我写了《叔叔的故事》。

《叔叔的故事》重新地包含了我的经验，它容纳了我许久以来最最饱满的情感与思想，它使我发现，我重新又回到了我的个人的经验世界里，这个经验世界是比以前更深层的，所以，其中有一些疼痛。疼痛源于何处？它和我们最要害的地方有关联。我剖到了身心深处的一点不忍卒睹的东西，我所以将它奉献出来，是为了让人们与我共同承担，从而减轻我的孤独与寂寞。

《关于〈叔叔的故事〉》

评论家的话 ◇◇

真正揭开 20 世纪 90 年代小说序幕的，我认为是王安忆的《叔叔的故事》，这篇小说发表于 1990 年底的《收获》杂志上，在当时一片荒芜的文坛上突然树立起一个新的航标。我曾经在那几年中一直有所期待，期待有作家能够用真正的艺术形式来表现那个充满了灼热伤痛的时代，当王安忆的这部作品问世，我发现它所表达的深刻性远远超出了我的期待，我不能不为之兴奋。王安忆从身心深处所发掘出来的疼痛，我们每个人都能强烈地感受得到，只有当作家把这种疼痛用艺术审美的方式使之普遍化，由每个人一起来承担，才能使这社会的警世钟敲响。这部小说用复调的形式写了两代人，用后一代人的眼光来审视前一代人即"叔叔"。请注意：这个叔叔并非是一个实在的人，不是传统的典型化原则塑造出来的充满个性的人物，他近似一个时代的类型，可以由多种途径、多种解释来完成。叔叔一生的命运都是与他所生活的时代紧密关联，因此他的全部辉煌和全部丑陋，都可以看作是一个时代（尤其是"文革"后近十年的时间）中华民族文化的缩影。作家用两句话表达了她对"叔叔"所隐含的内容的认识及其自我伤悼：

"叔叔"的警句是——原先我以为自己是幸运者，如今却发现不是。

"我"的警句是——我一直以为自己是快乐的孩子，却忽然明白其实不是。

而"我"为什么会认识到自己并不快乐？作家没有说明，而且是她故意不说，她推说这是一件与个人情感有关的私事，她不愿说，所以就虚构了"不存在"的叔叔的故事来表达。因此叔叔所遭遇的不幸之因，也就是叙事者的不快乐之果。这篇作品不能用所谓"拆除深度模式"来解，它恰恰是高度寓言化地表达了作家对这个民族及其文化命运的严肃思考，而且这种高度寓言化的艺术效果正需要用后设小说的表现方法来获取，叙事上的不确定性使叔叔的故事含有更大的涵盖面。所以，无论是思想上的开拓还是艺术形式的探索，这篇作品都做到了完美的结合。

陈思和：《逼近世纪末小说选（1994年）·序》

王家新
帕斯捷尔纳克

　　王家新，1957 年生于湖北丹江口市。1977 年底考入武汉大学中文系并开始写作，毕业后从事过教学、编辑工作。1992 至 1994 年间旅英，为伦敦一大学访问学者，并在英、荷、比、德等国讲学。现任教于中国人民大学。著有诗集、评论集《告别》《纪念》《一只手掌的声音》等。还出版有英译诗集《楼梯》。近年以更开放的姿态使写作与整个现实语境发生多重的关联，同时并未丧失其批判现实的思想锋芒和精神维度，并以打破诗歌体裁界限的"星状文本"或"碎片文本"，开拓着一种新的写作风气。

不能到你的墓地献上一束花

却注定要以一生的倾注，读你的诗

以几千里风雪的穿越

一个节日的破碎，和我灵魂的战栗

终于能按照自己的内心写作了

却不能按一个人的内心生活

这是我们共同的悲剧

你的嘴角更加缄默，那是

命运的秘密，你不能说出

只是承受、承受，让笔下的刻痕加深

为了获得，而放弃

为了生，你要求自己去死，彻底地死

这就是你，从一次次劫难里你找到我

检验我，使我的生命骤然疼痛

从雪到雪，我在北京的轰响泥泞的

公共汽车上读你的诗，我在心中

呼喊那些高贵的名字

那些放逐、牺牲、见证，那些

在弥撒曲的震颤中相逢的灵魂

那些死亡中的闪耀，和我的

自己的土地！那北方牲畜眼中的泪光

在风中燃烧的枫叶

人民胃中的黑暗、饥饿，我怎能

撇开这一切来谈论我自己

正如你，要忍受更剧烈的风雪扑打

才能守住你的俄罗斯，你的

拉丽萨，那美丽的、再也不能伤害的

你的，不敢相信的奇迹

带着一身雪的寒气，就在眼前！

还有烛光照亮的列维坦的秋天

普希金诗韵中的死亡、赞美、罪孽

春天到来，广阔大地裸现的黑色

把灵魂朝向这一切吧，诗人

这是幸福，是从心底升起的最高律令

不是苦难，是你最终承担起的这些

仍无可阻止地，前来寻找我们

发掘我们：它在要求一个对称

或一支比回声更激荡的安魂曲

而我们，又怎配走到你的墓前？

这是耻辱！这是北京的十二月的冬天

这是你目光中的忧伤、探询和质问

钟声一样，压迫着我的灵魂

这是痛苦，是幸福，要说出它

需要以冰雪来充满我的一生

1990 年 12 月

选自《游动山崖》

湖南文艺出版社 1997 年版

作家的话 ◈

我只是希望别把诗歌仅仅当作一个人的精神传记。其实如果读者能在文本与其历史语境间建立一种联系，就能更深切地体会到 20 世纪以来中国知识分子所陷入的历史性文化困境，以及他们在今天所经受的精神危机。

按说这本来是一个唱挽歌的年代，但是诗歌的智慧却在于它能超越单一的悲剧感，而在挽歌和讽刺之间达到平衡。当然，诗人们依然是严肃的，但他们不再可能像以前那样"正儿八经"地写诗了。这或许是因为他们意识到离了反讽和喜剧精神，他们的生存困境就不可能得以"言说"，诗歌也不可能获得它的活力。可以说在某种意义上正是这种具有反讽意味的写作"救了我们一命"：它把我们从一个"过于悲壮的时代"引向了一个更为开阔的、成年人的世界。

《夜莺在它自己的时代》

推荐者的话 ◈

　　这是两位诗人超越时空的一次心灵对话。结合此诗的写作年代及其他们各自所处民族和知识分子的历史命运，我们可以体会到作者所谓的"生命骤然疼痛"所包含的深广内涵。作为具体时代的知识分子，他必须承担时代与历史的命运；作为一个诗人，他又必须承担艺术的命运。承担一切，这就是诗人的最高律令。

宋炳辉

陈　染

空的窗

陈染，1962 年出生于北京。童年学习音乐，十八岁转向文学。二十三岁获文学学士。曾做过大学教师、报社记者、出版社编辑。二十岁开始发表作品。著有小说集《纸片儿》《无处告别》《嘴唇里的阳光》等。其作品弥漫着一种孤冷忧伤的情绪，却又能显现令人怦然心动的生命感悟。

孤独的人最常光顾的地方是邮局。老人是在两年前的黄昏时分得出这一结论的。无论你相信抑或不相信，他都对自己的发现表现出坚定不移的信念。

两年前有一天沉闷而阴郁的下午，绵绵的雨雾终于在嘶嘶啦啦纠缠了七天七夜之后打住，太阳灼热的光线像一把寒光凛凛的匕首，从太阳应该消失的西天角斜逼出来，横亘在鼠街的中央地带，这时已是迟暮时分。老人正站在街边观望着什么，他发现自己有一半脸颊亮在阳光里，另一半脸颊埋在阴影里，于是，他把自己的脸完全拉进街角的一级高台阶上面的阴影里边去。

这举动与他的心境有关。比如，有一天夜晚，我送两个朋友去车站，一个男一个女。这男人和女人本身并无故事，他们都是我的好朋友，一个天南一个地北，在来我家做客之前并不相识。我要说的是在我送别他们的时候，那场景所给予我的对人生的一点小感悟。

那女人外观艳丽且凄凉，黑黑的长发披散着，被夜风抚弄得时起时落，飘飘扬扬，像一面柔软的黑色缎旗，眼睛大大地洞张着，里边盛满忧郁，在黑夜中闪闪烁烁，楚楚动人。作为女人，我对拥有这种眼睛和神韵的同类，会从心灵里某个深深的部位产生一种疼痛感，这个格调总与我自己的生活经历相投合。她刚刚离了婚，从遥远的北方城市逃到我生活的这个城市。当时，夜色已经很浓稠，车站正好有一盏路灯突兀地亮着，在四际茫茫黑暗中，这灯光给人以突然的暴露感。我们三个人在站牌下站定后我所看到的第一个动

094

作就是那女人向后退了一步，把自己躲进身后一条电线杆的瘦长的阴影里。随即，我发现我自己也闪了一下身，躲开那令人暴露的灯光，和她并排而立，脚下踏着那条横卧在鼠街车站电线杆的影子，我俩从头到脚被电线杆的影子保护起来。

我们的对面，在光秃秃四处无藏的光亮里，那男人（我当时在自己心里把他塑造得完美无缺，我热恋着我自己想象而成的男人，而这男人其实与他关系不大）乐呵呵迎视而站，眼睛安然地裸露在光芒之下。他是从一个边远的南方小城市过五关斩六将杀进我生活的这个文化氛围很浓的城市工作，并且很快又将离开我到一个遥远的国度去学习，因此，他心中充满信心和希望，并不因离开我而觉失去什么。我的这个对于人生的一点小感悟就是在此时产生的：倘若你在任何一种光芒里——比如目光、阳光、灯光——看到两个或三个或四个人聚在一起，他们每个人对于光芒的或迎视或背立的选择，决不只是一种偶然为之的空间位置，那绝对与心境有关，似乎是很随意的站立位置，但那却是一种必然的结局。

两年来，种种回忆使我一直在思索黑暗与光亮这个既相悖又贯通的生命问题。这个问题与我下面的故事有关。

那一天，在阴雨初晴的黄昏时分，老人被忽然绽开的阳光逼到鼠街东侧的高台阶上边的阴影里边去。高台阶的上边正好是一家小邮局。七天七夜的绵雨过后，邮局里显得格外繁忙。孤独的老人，忽然发现在死寂的生活中有一块角落与全世界相连，人们在这里与远在太平洋那一边的亲人爱友清晰地说着话，一个女孩在走出电话间时，神采飞扬地说，她刚刚听到了纽约清晨清扫街道的洒水车的声音。老人心中莫名地激动起来，这里还是疲倦的黄昏，而太平洋的那一边已是阳光初照的清晨了，嗷，世界有这样大！老人兴味十足地在邮局里观看起来。有人风风火火排队寄发邮政快件，有人慢吞吞把信封投进四平八稳的信箱，还有人四处借着钢笔或圆珠笔，以便填写电报内容。有个面色苍白得好像没有温度的年轻女人，握着电话筒，光流泪出不了声。这个女人给他留下很深的印象。几天后，他在另外一个地方又见到了这个年轻女人。

　　老人连续好多天在邮局里进进出出四处张望。有一天，他正在被这个繁忙的孤独世界所感动，想着自己的这一生似乎没有收到过什么人的信并考虑着给什么人写封信的时候，忽然他听到一个很年轻的声音从身边掠过："有病，有病，肯定这人有病。"老人的目光追随着那声音，那声音是一位身穿墨绿色邮电部门工作服的小伙子发出的，他走到柜台里，和一位穿同样服装的姑娘指指点点。老人凑过去，看到他们正嘲笑地议论一封信的信封。老人戴起老花镜，看到那信封上写着：北京八宝山老山骨灰堂第五区第一百〇五号收。老人的心像被什么东西攥了一下，他立刻想起两天前在老伴儿去世后的她的第一个生辰日。那一天，他熄灭了房间里所有的电灯，燃起三支蜡烛，在昏黄的烛光下，他笨手笨脚包了五十九个一寸大小的饺子。老伴儿去世时正好五十九岁。然后，他把这五十九个小饺子抛撒在鼠街西头的一条通往远处的污水河里。河水像一只庞大的铁锅里的沸水，跌宕跳跃，小饺子落到河水里犹若水耗子一般上下蹿起，最后被河水跳着舞带走了。可是，忽然，老人望着那远去的河水哭泣起来，说饺子忘记煮了，还是生的。

那一天，正是晚饭前，太阳的余晖把河水涂染成让人心疼的血红，我正好站在河边，便走上去安慰老人说：阴间的吃法与我们阳间的吃法不同，饺子煮熟再吃就是我们阳间的吃法，若按阳间的吃法把煮熟的饺子抛撒河中，你的老伴儿肯定在阴间无法收到。老人抬起头望望我，似乎得到安慰。他说他好像见过我，在邮局里，我举着话筒光流泪不出声。然后，他就走了。我就是在那一天认识的老人。那时，我还可以像正常人一样走路交谈，像正常人一样看到光明或逃开光明。

还是先把我放在一边，继续说老人的故事。我与这个故事的关系，到最后你便可以发现。

那一天，老人回到家，给老伴儿写封信的欲望撞击着他，他在房间里走过来走过去，坐不下去站不起来，最后终于没有写。没有写的原因很简单，他要诉说的太多太多，以至无法落笔，无法开头和结尾，只好选择沉默。正像我们太亲太近的人，你无法描写他一样。你能够诉说或描写的对象，必须具备一个条件，那就是与你的距离，没有距离，也就无法存在诉说和描写。

老人把神思拉回到邮局里，望望眼前那封投寄"北京八宝山老山骨灰堂第五区第一百〇五号收"的信出了声。

"年轻人，我要找你们邮局的局长。"他说。

那个穿邮局制服的青年抬起头，看看老人庄严的面孔。拥有这种面孔的人肯定是有非见局长不可的事，是糊弄不走拒绝不了的。青年人朝着一个什么方向都不是的空中一指：那儿。老人楼上楼下左边右边花了十七八分钟时间，在第七与第八之间没有房号的房间里的第七十八号茶杯前终于找到邮政局局长，在这个不大的邮局里。老人气喘吁吁掏出自己的证件，自我介绍说他是鼠街中心小学的退休教师，退休的时候正好老伴儿去世了，他活着没有了希望，没有人再需要他，他希望局长能给他一份工作，他不要钱只是义务劳动。

局长先是漫不经心地听着，后来他被老人眼角里混浊的水花以及他那种为别人所掌握的悬而未定的希望感所造成的抽搐的嘴角所感动，"那么你能做什么呢？"

老人立刻来了精神，说："我可以投送那些无法送达的死信。"

局长很是痛快，"好了，就这样吧，每月我们发给你四十元就算补助费。"

"谢谢，谢谢！"老人一下子充实起来，轻盈起来，光亮起来。步伐铿铿然，螺旋下楼。手里攥着第一封将要去送的死信。

这是两年前一个很晴朗的午日所发生的事。就在那天，忽然之间，老人那无所依恃于世界又无人需要于他的孤独感，在那个午日的矮矮的两层楼梯的旋转中消失殆尽。

生命又回到老人的躯体上，他觉得自己又活得充实而有意义起来，像他当年在鼠街中心小学与孩子们在一起时一样，尽管"b、p、m""人与入字的不同"他讲了四十二年之久，但他从没有重复感，每一次讲都如同第一次。就像一个爱着一个女人的男人看见太阳每天都是新的一样，就像热爱生命的老赫尔曼·黑塞认为我们的生命永远是出生后的第一天一样。

可是，又在忽然之间，黑暗降临了。就是现在。老人正坐在两年前他在第七与第八之间没有房号的房间里的第七十八号茶杯前找到的邮局局长面前。

"你应该在家里休息了，人应该服老，腿脚怎么也是不如年轻的时候。"局长表情沉痛，咬着牙说出了这几句话，他知道这个决定对老人意味着什么。

老人把头低埋在两腿上，腰骨弯塌下来，一动不动，像一只风干了的人形标本。一行浑浊的老泪在他那被皱纹纵横切割的脸颊上左右徘徊，绵延而下，终于掉在老人肥肥的裤脚上。

半个月前，老人在邮局门外的高台阶上摔了一跤，右膝擦破了皮肉，浓黯的血滴顺着小腿爬到脚面上。换在年轻人身上，这点伤本不算什么，可是老人的右膝却一日日鼓胀起来，髌骨浮肿起来。医生说是软组织损伤所造成的积液，需卧床十天。

"请你能理解我们，我们必须对你负责任。"邮局局长接着说。他看了看老人，从抽屉里取出一个口袋，"两年来你为我们工作，我们非常感谢！这是给你的一点心意。"

老人头也没抬，生命的意义都没有了，心意还算什么呢。

局长重重叹了一声，又从抽屉里取出一样东西，"这是最后一封死信。"

老人抬了头，看了看那牛皮纸信封上的字：

北京鼠街每天太阳初升时分开窗眺望的女人收

他的眼睛亮了一下，随即又淹没在盛满眼眶的绝望里。

这时候，我并没有无端消失。这两年中，在老人从送达死信的重任中重新找回生命的意义的时候，有一天，我失去了我生命中最为珍贵的。那是一个普通得令人无法回忆出任何天气特征的下午，我等待了很久很久的一个人忽然站在我面前，这久散而去的人（就是那位被我想象加工而成的令人迷恋的男人）终于从一个遥远的国度回到我身边，我激动又委屈地流着泪，一句话也说不出来。他轻轻抚摸着我瘦削的肩，脸颊埋在我的长发和肩胛骨里蹭来蹭去，像是从未离开过我、也从未遗忘过我一样。我便把脊背像猫一样弓起来，低低呻吟一声。我知道他永远不会完全属于我一个人，正像我的精神不能完全属于他一样。无论世人承认抑或不承认，我们无法做到一生只爱一个男人或女人，而那些爱的确是真诚的，只要能够称作爱。这是事实。性关系并不是爱的全部关系。即使这样，我仍然为他奉献了巨大的代价。就在这天，他的到来，使那潜藏在我身体里的旷日已久的障碍，终于彻底形成了。我失去了同得到的一样珍贵的东西。这世界总是很公平。后边你将会知道这一切。

还是先把我放下，继续讲老人的故事。

老人那天蹒跚地走出邮局不大的大门，手里攥着那封死信。他心里郁郁地盘算起来，最后一封死信！果真到了最后的时刻吗？他想起曾经在一份报纸上看到的一幅漫画，画面上一个活得非常带劲的男人说："我有太多需要活下去的理由，要付房子的贷款，车子的贷款，录像机的贷款……"当时，老人立刻就把这个问题摆在自己面前让自己回答：我有太多需要活下去的理由，我每天或每两天就会得到一封死信。然后要设法把它送到稀奇古怪的死信的主人手里；有一天也许我自己也会得到一封什么人寄来的死信，老人觉得无论去送达陌生人的死信还是等待一封寄给自己的未知的死信，都是活下去的伟大理由。而现在，这个理由终于到达了存在的边缘，送完这封死信，理由就不复存在了。

最后的时刻到了。最后的时刻果真到了。

老人打开家门，闷了一天的房子有一股霉味，墙壁由于连日阴雨而浮了一层绿茸茸的东西。在他进屋的一瞬间，啪啦一声重重的脆响溅在地上，一堆细细碎碎的白玻璃在响声里摊在地上。老人迟缓地把目光落在那堆碎玻璃上时，是在事情已经发生了半分钟之后。老伴儿的遗像埋没在碎玻璃里挣扎着朝他微笑，长长的奇怪的笑容从刚才那一声爆破声里扭曲地绽出，在多种角度的碎玻璃的折光里变了形。墙壁的潮湿使挂着镜框的贴钩连着一层白白的灰皮一同脱落下来。老人弯下身，受伤的右膝发出铁器生锈一般吱吱的叫声，他抚去那笑容上闪闪烁烁的白玻璃，但是，那长长的穿越了两年多岁月的微笑终于在破碎声中折断。他把老伴儿的划破的遗像拾起来，放在床上躺下，不知所措。

他在房间里转了几圈，然后便开始像往常那样找东西。找什么他自己并不清楚，反正他找了起来。两年来，老人的家什凌乱不堪，找什么什么准找不到，而不找什么什么准在那儿等着人去拿。所以老人已经习惯了当想找什么时就不想找到什么的思维方式，那样一来，不想找到什么什么兴许反倒自己跳出来。可是，这会儿老人脑子里却一片空白，不知道自己要找什么，但还是顽强地找起来。他先是在堆放铁钉、改锥、瓶盖起子一类小东西的抽屉里翻到一根麻绳，他犹豫着打了个死结，套在床翅上试了试，结果一拉，那绳子就断了。老人失望地把它丢在一边，又去找。他走到卫生间，卫生间里有点昏暗，他看看悬在墙角半空的角柜，角柜上堆满雪花膏、梳子、刷子之类的小用品，老伴儿活着的时候，那些小用品曾经非常有活气，晶亮着绚丽着呼唤主人。现在，它们覆盖在一层灰蒙蒙的尘埃之下黯然失色。他打开一瓶雪花膏，那膏状物已经干枯发黄，他嗅了嗅，隐约还有一丝香味。一种想把这个干枯发黄的东西吃下去的欲望占领了他，他犹豫着，想着自己到底在做什么。忽然，一件小东西撞入他的眼帘，那是一个薄薄的刮胡子用的刀片，他恐惧地颤抖起来，一个场面随之而生：淋淋鲜血在刀片的细微的切割声里从动脉血管中喷射出来，房顶、墙壁一时间爆满血花，如注的血浆像紫罗兰猛然绽开一般挂满雪白的房间。老人又想起几年前曾在报刊上看到的一段描述："刀片划破眼球，流出紫色的浆汁，舌尖上品尝汽油的味道……"他当时想，这残忍的刺激性的故事准是一个情感脆弱而又带有一点自虐心理的女人想象的，她在生活中准是无力自卫才转头在故事里施放残忍与恐怖。从那时开始，他就害怕刀片，每每总是把它埋在什么东西下边，使刀片后面的故事不至于裸露出来。现在，他的神经再也承受不住这小小的薄薄的满身鬼气的小东西所带给他的想象了，他把它颤抖地丢进马桶，哗一下就把它冲走了。老人又回到卧房里，定定神，然后给自己冲了一杯淡茶，安静下来。

"不找了，不找了。"他对自己说。

这时，就在他放着茶杯的茶几上放着一小瓶东西，那东西忽然光芒四射起来，老人的眼睛一下子被它抓住了。这是一小瓶阿普唑仑片（甲基三唑安定片），他牢牢地把它攥在手里。

老人恐惧着悬了半天的心莫名其妙地踏实起来。他终于完成了一项重大的使命——选择。心理上的平衡，使他安安稳稳睡了一大觉。

　　第二天老人醒来的时候，天已大亮，玫瑰色的阳光已在他的床上绵延，轻柔地波动。他急忙爬起来，抓起桌上那封牛皮纸的死信就出了屋。鼠街上人来人往全像急匆匆上班赶路，一脸的不情愿，男女老幼都把自行车骑得像杂技演员似的。这真是一个奇特的国度，全中国都会演杂技。老人神色紧张地想着，躲着身前身后鱼儿一般窜动跳跃的自行车，心里发着慌。这时，他想起自己出门前忘记了吃药。几年来，老人每天三次每次三片地服用复方丹参片，这是一种活血化瘀、理气止疼的用于胸中憋闷的中药。老人并没有心脏病，他只是听说此药有益于健康和长寿。他每每总是感谢政府给予他的公费医疗。总是想，尽管不能吃上很好的补品食物，但总能吃上不错的补药，若是在美国，连补药也吃不上。他的手在裤兜里搜寻起房门钥匙，准备返回去吃药。这才发现，出来时连房门也忘记锁了，老人重重地叹了一声"老了老了"。他并不怕有人进他的屋，老伴儿生病时，没有公费医疗，他把家里值钱的东西全拿出去卖光了。现在，即使有小偷光临，也不会对他的叮当见响的家感兴趣。若正好是一个性情温良的小偷，说不定还会同情地在他的茶几上留下几元钱。老人担心的是野猫、耗子还有毒蜘蛛这类东西。老伴儿死于莫名其妙的肠胃疼，死前精神也错乱，拉着老人的手一个劲叫着"大兄弟大兄弟"；长一声短一声地对着隔壁邻居小张他爹叫着"李大哥李大哥"，直叫得连老人自己也对着小张他爹喊起"李大哥李大哥"来，弄得小张他爹张大哥惊愕不已。后来，老人想，兴许就是因为吃了野猫、耗子、毒蜘蛛这类小东西啃噬过的食物。所以，老伴儿去世后他养成了一种洁癖，食物、茶杯等凡入口的东西都用干净的布罩上。昨天，老人喝茶的杯子忘在茶几上了，没有罩。他被自己这一连串忘记，搞得懊丧起来。他的手仍在兜里搜寻。无意间，一样东西触摸到他的手指，他感到一股寒冷从指尖传递到全身，兜里装的是那小瓶阿普唑仑片。于是，老人又为自己刚才居然产生懊丧情绪而懊丧起来，为自己的惜命态度而惭愧起来。

"你这个自相矛盾的老家伙，不是已经选择了吗?"他在心里说。

他坚毅地向前走去。手里提着的那封死信，很重，像是全人类覆灭之前写给上帝的最后一封信。他从鼠街西头的那条污水河开始，沿着街道向东走去。他仰着头，留心察看着每一扇窗子。活了大半辈子，他生平还是第一次感悟到那些千奇百怪的窗子比过往行人的脸孔更富于表情，更富于故事，它们生动地向你敞开着心扉，各种色彩情调的窗帘，或在晨风里徐徐漫出，像是要伸手抚摸你的脸孔；或是羞答答半掩面、欲言又止地曼声而歌。老人仰着头，一路向东走下去。他盼望着看到哪个窗子前有一个开窗眺望的女人，他把那封信交给她，也就完成了最后一桩心事。他一直走到鼠街东头，也没看到一张女人的脸在窗前眺望。于是，他想，今天已经过了"清晨太阳初升时分"了。

接下来的几天，老人都是早早地就来到鼠街，从太阳刚一跳出地平线开始，他沿鼠街一路向东走去，太阳像个新生儿，把嫩嫩的肉红色洒在刚刚被行人踏醒而显得冷清凄凉的街道上。他仰头张望每一扇窗口，想象着有一个女人正在等待他手里的信，他想象她很美丽，年轻而有生命力，她的眼睛像梦幻一样迷蒙闪烁，嘴巴微微张着，呼吸着太阳初升时分的阳光。有一天，一个年轻的男人从她的窗前走过，他感到她的目光比太阳的照耀更令他心情激荡。后来他就到远方去了，也许他是一个海员，面对着茫茫大海，一片灰蓝色压迫着他的眼睛，他想起了她。他写了一封信给她，但他不知道她的门牌号码和姓名。老人这样想着。他为自己一生的最后一件有意义的事情是为着这样一个女人而做，感到欣慰，感到辉煌。

终于有一天，奇迹发生了。

当晨光把第一抹红晕撒在鼠街西头的时候，污水河旁边的一幢四层小楼的窗口站立着一个女人。也许她每天这时都站在那儿，只是他没有看见。她站着好像在眺望被阳光涂染成金黄色的尘埃旋转着上升，又像在静心倾听污水河慢吞吞掀出的一两声悠长而古怪的歌声，神情专注、恬淡。老人先看到的是她飘扬的黑发，确切地说，他先是以为那是一扇柔软的黑绸窗帘在晨风里荡漾徐拂；要不是那团黑色中央的过于苍白的脸所形成的反差，老人无法相信那团燃烧在晴空里的黑颜色是一个女人的长发。他定了定神。那是一张与他的想象迥然相异的苍白得好像没有温度的脸，那面孔他觉得好像在哪儿见过。她的眼睛大而干枯，目光缥缈而且没有光泽。她全身的生命似乎只流动在舞飞的长发里。这样的面孔很难使老人想到幸福这个词，那是一种茫然而无力自卫的神情。老人向女人挥挥手，又"喂喂"了几声，但那女人在四层楼的窗口只是专注地眺望远方。

老人判断了一下房间的方位就上了楼。房门并没有锁，他一敲，那房门就闪开了一道缝。

老人说："我可以进来吗？我找一个人。"

那女人转过身来，神态安详、宁和。她穿着一条月白色长裙，窗口的风使那柔软的长裙在她的过于瘦削的肢体上鼓荡翻飞，使她看上去幽灵一般哀婉动人。

"您是找我吗?"她出了声。

老人有点吃惊,这种面孔的女人怎么能发出这样柔和而平稳的声音呢?

"你每天都在清晨开窗眺望吗?"

这时候,女人已经知道他是谁了,他曾经在两年前一个黄昏时分,在污水河边哭泣。

"是的。但我不一定认识你要找的人。"她仍然微笑。

"那么,也许我就是找你。"

"怎么是也许呢?"

那女人临窗而立,头发在窗口绽开。室内正弥散着轻轻的音乐,那乐声柔和、亲切,含着淡淡的忧伤,水一样裹在老人的肢体上。他在离房门最近的一把椅子上坐下来。

他开始讲述自己,说了自己的来龙去脉,从两年前由鼠街中心小学退休到老伴儿去世,从在邮局帮助送达死信到现在失去了任何生活的意义。他不知道为什么要说这些,但他说了,说了许多。然后他把那封牛皮纸的信交到女人手里。

最后他说:"完成了最后这一桩事,我也该结束了。"

那女人并不急于拆信,她专注地倾听着老人的话。

老人准备走了,站起身。忽然又问:"你每天清晨都在窗口眺望什么呢?"

女人说:"那是一幅画。"

然后她转过身去,面向窗外。室内的乐声便填满了她身后的空间。

"这幅画的背景是用蜡笔涂成的顶天立地的赭石色冰河,"女人说起来，"你从窗子望出去正好可以看到。在河流的一角站立着一个鲜艳夺目的用黑色勾勒的女人，她的头发垂到腰间，闪耀着发蓝发绿的亮光。她的面部也是用蜡笔涂成，眼睛黑洞洞睁得很大，嘴角绽开浅绿色的微笑。她的没有年龄的裸体用阴影烘托出来。她正专注地看一枚疼痛的太阳从血红色的冰河里鲜活地跳跃出来，看金翅鱼和雪白的鸟儿以及浓荫招展的一枝什么树在冰河背景里共同狂舞。那女人哼着一首人们听不见的歌，静静地与一切追求生命的灵物交谈，她不是用声音，不是用性别，也不是用心灵。而是用生命。"

老人似懂非懂听着她把长长的句子说完。停了一会儿，老人干涩地笑了一下，然后又笑了一下，说："你真是睁着眼睛说瞎话。窗外那条污水河是土灰色的，这一点连瞎子也知道。"

"是的。"女人转过身来，顿了半天，说，"您说得对，我当然知道。"

"你当然应该……"老人忽然停住了。他这才发现女人的眼睛洞开着却没有眼珠，那儿只是两个凝固不动的黑洞，像两只燃烧成灰烬的黑炭。它们呆滞而僵硬地守在理应射出光芒的地方却没有射出光芒。

老人一下子震惊了。

"对，我是个瞎子。"

"噢，老天爷。对不起。"

女人又微笑起来："不，一切都很正常。"

然后，她走到老人跟前，把那牛皮纸的信还给老人。"您看我是个瞎子，我无法眺望什么，所以这信不是我的。您去找吧，也许很久才能找到她，也许永远也找不到，但您要找下去。"

老人几乎要哭了，他望着她那光洁的脸孔，一句话也说不出来。

他把信接过来，转身又悄悄放在桌子上，就走了。

"再见。"

"再见。"

这些天来老人一直闷闷不乐，绝望已极，在苍凉与昏暗的心境中寻找一位每天太阳初升时分开窗眺望的女人，这心境持续到他终于看到这个女人终日被吞没在漫无边际的黑暗里。

老人走下那女人楼梯的时候，渐渐重现了两年前从邮政局局长手里接过第一封死信时的情景，他又充实起来，轻盈起来，光亮起来，步伐铿铿然，螺旋下楼。只是手里没有了要去送达的死信。

在故事即将讲完的时候，我必须告诉你一件事，就是在那个普通得令人无法回忆出任何天气特征的下午，我所失去的最珍贵的东西是什么。那是我的光明的世界。每天清晨，是我站在故事里那个在太阳初升时分开窗眺望的女人的位置上。我已经习惯了黑暗。

几年前，当我还看得见光亮的时候，我曾经把自己躲到车站电线杆的阴影里；现在，当世界真的永远交付给我一片茫茫黑暗的时候，我用心灵寻找着光亮。我不能说我已经完成了黑暗与光亮这个既相悖又贯通的生命过程，但我的的确确领悟到这是生命存在的两个层次。

每天下午四时半，我便迈着伦敦一般古老而沉稳的脚步，走到鼠街邮局买一份盲人日报，然后微笑着走进白天的黑暗中。那是阳光的脚步。我无所谓白天与黑夜，亮度于我不存在意义。我的生活每天从下午四时半开始，而在太阳初升后结束。接近黄昏时分，我从黑色的阳光里买回那份盲人日报，然后泡上一杯色泽清淡、品味醇香的清茶，坐在工作桌前开始思索和工作。我的工作单调而又创新，我用文字和思想把我心灵看到的东西设计成一幅幅画面，然后交给画家们去画。每日如此。世界上有一种职业叫作家，我的"坐家"职业差一点与那个职业相同。但我并不等于真的终日在家坐着。我常常在夜深人静的夏夜游摸在街头，我看到金色的阳光像瀑布倾洒在苍茫大地，照耀着浓浓的黑夜。在如洗的光束下，鼠街两侧的梧桐树叶如一团团银白色的大花朵凌空开放，与高远的天空遥相对应。我裹满一身阳光地走进一个老朋友家里，于是，他或她便会很高兴地为了我临时改变一下黑夜与白天的生物习惯，然后沏上两杯清香的茶。我告诉他或她世界吞没在黑夜里的事情，他或她告诉我世界翻腾在白天里的事情。

　　有一天深夜，我怀念起我的一位远在雾都生活的会唱歌、会把看不见的钢琴弹奏出美妙音乐又会写小说的旧友，她由于终日生活在大雾里，所以我觉得她和我一样总要用心灵辨别方向而不是用眼睛。我记不清她是否就是那个早年曾经和我一同站在我迷恋的那男人的对面，而躲进鼠街车站电线杆阴影里边去的女人，总之是那一类即使我永远也看不到她，也不会忘记的朋友。我给她写了一封信，我说：连绝望这件事存在的本身也不要绝望，我和你同在。

　　我记不清是不是在我失去光明之前从什么先人的书里看到过这句话。从前我已遗忘。盲文里没有这些。

　　另一次，也是在深夜，孤独的冷月照在我的身体上，皎白的肌肤光滑如鱼。走，离开，这几个大字在我的血液里涌动，使我无法安睡。我不知道去哪儿，哪儿都可以，只要是离开，只要走出惯性。

　　我想，我将开始茫茫黑夜漫游了。那一天，我将仔仔细细把心灵一般破损的窗棂审视一番，敞开着离去，让那首痴情的《在这里等你》的歌永远重复地从我的窗子里流出，然后，我将走进没有边际的时间与空间的黑暗里。我会拾到许多光明的故事，用盲文写给我的同类。

我相信，鼠街老人会在我离开的空窗子前看到我。

选自《嘴唇里的阳光》

长江文艺出版社 1992 年版

作家的话 ◇◆

任何一个不同凡响的作家，也许都会要面对这样一种永恒的状态：永无止境去探寻自己以及先辈作家没有做过的尝试。这注定将使自己远离轰天响地前呼后拥的红火境况，而走在一条孤立寂寥的似有似无的荒僻路上。他最初必须承受冷寂冷寞，也许永远是孤旅生涯。

现代人的神话故事或神话式的小说并不是一种单纯的原始向往或什么简单的永劫回归，它是以一种超自然的魔力，寓言式的哲理以及神奇的象征性来探索宇宙的源起、生命、意识和人性等的重大的前沿问题，它面对着的是永恒境界。

《永远是神话，回头是现实》

推荐者的话 ◇◆

这是一个深沉隽永的短篇。它只写两个人物：一个是死了老伴儿的退休老人，一个是年轻盲女。从某种意义上说，他们都濒临死亡，处在光亮与黑暗、生与死的临界线附近。但当老人由于无法忍受孤独、感到生命的无意义而想主动走向结束时，却被那位终日凭窗的年轻盲女感动了，于是心境由空虚苍凉昏暗而转为充实轻盈光亮。人往往对生命中许多重要的东西熟视无睹，那是没有用心灵去感受、分辨，若有幸能够用心去看每一扇窗户，那又何必在乎有没有凭窗眺望的人呢？只要它敞开着。

宋炳辉

昌 耀

圣山·圣火（《冰湖坼裂》节选）

昌耀，本名王昌耀。1936 年生于湖南常德。20 世纪 50 年代初参加过朝鲜战争。1954 年开始发表作品。1955 年调青海省文联。1957 年因两首小诗被划为右派，此后遭受二十二年的监禁、苦役和颠沛流离。1979 年起调任中国作协青海分会专业作家。著有诗集《昌耀抒情诗集》《命运之书》等。还写有散文诗、随笔等。诗作多以张扬生命在深重挫厄中的不屈不挠为主题，感悟和激情复合于峭拔、凝重的意象之中，常有意采用奇崛的语汇，具刚健而沉郁的艺术效果。为新边塞诗的主要诗人之一。代表作有组诗《慈航》等。2000 年去世。

冰湖坼裂：那是巨大的熔融。

一种苏醒的自觉。一种早经开始的向着太阳的倾斜。

是神圣的可敬畏的日子。

天光明亮。背手牵马的人满怀心事

嘴角衔一茎草叶想着明月照人的目光，

隔湖背向岛屿走在通往深山的路途。

他听到身后冰湖坼裂仅如一种轻微的叹息。

一种自皲裂的缝隙送出的生命的叹息。

他从中感到了鸟鸣般的翔舞。

感到一种笼罩，一种凌轹，一种铺张扬厉。

感到一种大音希声式的弥盖。

是纯然完整的有机形态。

他感到植入地壳的湖盆正为日月盈亏牵动，

即便二声呢喃都如心悸具有血潮的活力。

他感到风中硝盐的扩散像毛发狂张了。

他满怀心事回转头去望湖暗自默语：

——我走，是为了跟你说一声我将再来。

在煨烤着松柏针叶斋戒的夜晚，

老丈在兽皮结跏趺坐。

军士奏以胡笳之章秣马。

瞌睡的孩子在母亲腹部分泌梦的蜜糖春的龙涎。

产期临近的女士自温泉沐毕来归。

冰湖的坼裂是不可回避的仪式。

他感到一种快乐得近于痛楚的声音。

他感到一种痛楚得近于快乐的声音。

一种窸窣。一种火花切割之声。一种传感。

一种为硬笔在纸上疾书的声音。

如同指甲划过平板玻璃引起的心底痉挛。

他感到一种不很锐利的呻吟在穿透宇宙。

他感到大浪拍来如肉芽冲决满湖痂瓣，如花冠丛丛。

他如何分辨呻吟的痛苦或呻吟的快意！

他如何免于浅薄的自作多情？

他感到一种火的战栗，一种酒的苏醒，一种踢踏舞步，

一种飘然放大的笑容，一种拥抱，

一种扁平如筏的放射

凌空切入灵魂一扫而过印象深刻，

让他相信没有任何力量能够阻遏，

像信风准确，而不可被欺骗不可被蛊惑。

像权利一样严正。

他满怀心事背手牵马从地毯覆盖的山道

走向白云喷薄而出的高处。

当他这样在心灵设想着脚下并不存在的红地毯，

那完全是意味着走向圣山时怀有的庄重。

而他随时准备匍匐在地亲吻泥土。

在冰湖坼裂的原野，在原野坼裂的冰湖，

崇拜的渴望就直接体现为存在的意志。

不是所有的人都能走到昆仑、念青唐古拉、巴颜喀拉、冈

　底斯。

不是所有的人都有缘分在茫茫原野邂逅。

莽苍之中难得一遇的行旅

就这样渴慕地遥向对方靠拢随之交臂远离以至永世永生。

不是所有的人都能领有冰湖坼裂。

他再次回转头去望湖暗自默语：

——我来是为了说一声我又该去但我仍会再来。

当他这样设想着自己是行走在无尽的地毯，

那是意味着走向圣山时怀有的庄重。

他看到采集圣火的女子在山麓前膝微踞，

举案齐眉地持平存储火种的盒饰。

她们梳理的髻鬟坠依项背如同乌云。

他感觉自己的指尖生烟

右臂坚挺如同湖边祭祀的火把。

他就这样挥手站立听着冰湖坼裂如同燃烧。

1991 年 3 月 14 日初稿

1991 年 3 月 24 日改定

选自《命运之书》

青海人民出版社 1994 年版

作家的话 ◈

　　诗是崇高的追求，因之艰难的人生历程也得而显其壮美、典雅、神圣、宏阔的夺目光彩。就此意义说，诗，可为殉道者的宗教。

　　诗是不易获取的，唯因不易获取，更需有殉道者般的虔诚。

　　而之所以不易获取，唯在于"歌吟的灵魂"总是难于达到更高的审美层次。

　　而愈是使我们感到亲切并觉日臻完美的诗却又是使我们直悟生存现状的诗。

《诗的礼赞》

　　沉思生命，感知美善，永在地确认自我，不仅是诗人精神世界摆脱不掉的内容，其行为能力，也成为一个诗人基本素质的标志，我们可以在诗人灵感的结晶物中欣赏到这样瞬间冲击力的强度。

《宿命授予诗人荆冠》

评论家的话 ◈

　　还有什么比"独具风格"对一个诗人更重要的么？在众多因袭的、模仿的、赝造的大路货中间，昌耀的诗，如诗人本人一样，了无哗众取宠之心地，决然兀坐于灯火阑珊处。……比如昌耀眼中的青海，昌耀心中的青海，昌耀在这片土地上的沉思与遐想，都是别人没法替代的。昌耀的独特的发现，写入一首诗乃至凝为一句诗，有谁知道融汇了他多少反复多次的经验、禅定般的审视，融汇了他多少个人苦乐之情和世事沧桑之感呢？

邵燕祥：《有个诗人叫昌耀》

昌耀先生的诗歌作品，是中国新诗运动里那些最主要的实绩和财富之一。目前这位大诗人并没有得到公正的认识。但这也许并不重要，早在"艺术"和"手艺"还用同一个词语来称谓的时候，这一点就为诗歌的砍柴人和背柴人所懂得了。重要的是中国诗学和批评出现了判断力上的毛病：看不清创造。

　　　　　骆一禾　张玞：《太阳说：来，朝前走》

西　川
一个人老了

　　西川，1963 年生于江苏徐州。1985 年毕业于北京大学英文系。大学时代开始写诗。1988 年与陈东东等创办《倾向》诗刊。出版有诗集《中国的玫瑰》《隐秘的汇合》等。诗作常常显示出宁静、安详、沉思、光明的特质，随时准备领受俗世中涌现出的某种意想不到的奇迹，这种奇迹具有提升人精神的神圣高度。代表作有《在哈尔盖仰望星空》《夕光中的蝙蝠》等。译有庞德、博尔赫斯、巴克斯特等人的作品。1989 年 3 月海子自杀后，负责其遗著的整理出版（《海子的诗》《海子诗全编》等）。

一个人老了，在目光和谈吐之间，

在黄瓜和茶叶之间，

像烟上升，像水下降。黑暗迫近。

在黑暗之间，白了头发，脱了牙齿。

像旧时代的一段逸闻，

像戏曲中的一个配角。一个人老了。

秋天的大幕沉重地落下。

露水是凉的。音乐一意孤行。

他看到落伍的大雁、熄灭的火、

庸才、静止的机器、未完成的画像。

当青年恋人们走远，一个人老了，

飞鸟转移了视线。

他有了足够的经验评判善恶，

但是机会在减少，像沙子

滑下宽大的指缝，而门在闭合。

一个青年活在他身体之中；

他说话是灵魂附体，

他抓住的行人是稻草。

有人造屋，有人绣花，有人下赌。

生命的大风吹出世界的精神，

唯有老年人能看出这其中的摧毁。

一个人老了，徘徊于

昔日的大街。偶尔停步，

便有落叶飘来，要将他遮盖。

更多的声音挤进耳朵，

像他整个身躯将挤进一只小木盒；

那是一系列游戏的结束：

藏起失败，藏起成功。

在房梁上，在树洞里，他已藏好

张张字条，写满爱情和痛苦。

要他收获已不可能。

要他脱身已不可能。

一个人老了，重返童年时光，

然后像动物一样死亡。他的骨头

已足够坚硬，撑得起历史，

让后人把不属于他的箴言刻上

1991 年 4 月

选自《隐秘的汇合——西川诗选》

改革出版社 1997 年版

作家的话 ◈

　　一个诗人，一个作家，甚至一个批评家，应该具备与其雄心或欲望或使命感相称的文化背景和精神深度，他应该对世界文化的脉络有一个基本了解，对自身的文化处境有一个基本判断，否则最好不要开口说话。

　　……只有那些真正关心自己，关心人类命运的人才会对当代诗歌感兴趣。诗歌是灵魂的声音，在文化、哲学、宗教、精神缺失的地方，诗歌挺身而出，而庸俗的环境却使它陷入深深的尴尬。

　　由于诗歌写作是一门古老的行当，因而诗歌写作行为似乎是一种怀旧的行为。也许是这样，但绝不是流行歌曲式的、陈逸飞式的怀旧。事实上，中国当代诗歌恰恰是对于当下生存困境的回应，并将当下的生存困境纳入历史语境。在这种品质的支配下，诗歌拒绝墨守成规，其自身始终包含着革新的动力和可能。有人说诗歌这种文学体裁已经过时，这种说法的前提似乎是诗歌是死的，这种说法表明了一种对于诗歌的巨大误解。我们可以说一种诗歌形式已经过时，但诗歌写作的精神将一直存在下去。

《生存处境与写作处境》

评论家的话 ◈

　　西川十分像一个斯多噶主义者，在世界的惨痛之后，他还要让它再完美一次。面对堕落的更加堕落，混乱的更加混乱，而他企图高居于这堕落与混乱之上，乃至高居于整个世界的变动之上，与永恒、秩序和美结合在一起。当一个人将自己交付给更为久远的更为宽广的东西，那么他就有效地避免了个人的从精神到形式、语言的种种崩溃和瓦解。……在清除了种种似是而非的关系之后，命运唯一剩下来的是它的沉默不语，它的无可言说，虽然我们能感觉到它，但却说不出它。西川写在 1991 年的两首不可多得的好诗《夕光中的蝙蝠》和《一个人老了》都是对这种核心的沉默所作的探试和"猜测"。"蝙蝠""浑身漆黑"，"似永不开花的种子"，是它自身"无望解脱"的意志；一个人最终不得不将"他整个身躯将挤进一只小木盒"，而"在房梁上，在树洞里，他已藏好张张字条，写满爱情和痛苦"。此时，他的句法结构也发生明显的变化，不再如往常那样顺畅、大步流星了，而是时而中断，时而续上，时而是空白和消失，时而又是复出和响起，一种欲说还休、欲行又止的节奏，造成了全部从虚无和沉默中不断涌现的幻觉。

崔卫平：《超度亡灵》

严歌苓
少女小渔

　　严歌苓，1958 年生于上海。童年时代在安徽度过，十二岁参加中国人民解放军，成为文工团员，曾踏遍西南地区的山山水水。1986 年始发表长篇小说创作，代表其绚丽奇特风格的是《雌性的草地》。1989 年底赴美，1990 年入芝加哥哥伦比亚艺术学院，修英文文学写作硕士学位。出版短篇小说集《少女小渔》《倒淌河》《海那边》，长篇小说《扶桑》《人寰》等。

据说从下午三点到四点，火车站走出的女人们都粗拙、凶悍，平底鞋，一身短打，并且复杂的过盛的体臭涨人脑子。

还据说下午四点到五点，走出的就是彻底不同的女人们了。她们多是长袜子、高跟鞋、色开始败的浓妆下，表情仍矜持。走相也都婀娜，大大小小的屁股在窄裙子里滚得溜圆。

前一拨女人是各个工厂放出来的，后一拨是从写字楼走下来的。悉尼的人就这么叫："女工""写字楼小姐"。其实前者不比后者活得不好。好或不好，在悉尼这个把人活简单活愚的都市，就是赚头多少。女工赚的比写字楼小姐多，也不必在衣裙鞋袜上换景，钱都可以吃了，住了，积起来买大东西。比方，女工从不戴假首饰，都是真金真钻真翠，人没近，身上就有光色朝你尖叫。

还有，回家洗个澡，蜕皮一样换掉衣服，等写字楼小姐们仍是一身装一脸妆走出车站票门，女工们已重新做人了。她们这时都换了宽松的家常衣裳——在那种衣裳里的身子比光着还少拘束——到市场拾剩来了。一天卖到这时，市场总有几样菜果或肉不能再往下剩，廉价到了几乎实现"共产主义"。这样女工又比写字楼小姐多一利少一弊：她们扫走了全部便宜，什么也不给"她们"剩。

不过女人们还是想有一天去做写字楼小姐。穿高跟鞋、小窄裙，画面目全非的妆。戴假首饰也罢，买不上便宜菜也罢。

小渔就这样站在火车站，身边搁了两只塑料包，塞满几荤几素却仅花掉她几块钱。还有一些和她装束差不多的女人，都在买好菜后顺便来迎迎丈夫。小渔丈夫其实不是她丈夫（这话怎么这样难讲清？），和她去过证婚处的六十七岁的男人跟她什么关系也没有。她跟老人能有什么关系呢？就他？老糟了、肚皮叠着像梯田的老意大利人？小渔才二十二岁，能让丈夫大出半个世纪去吗？这当然是移民局熟透的那种骗局。小渔花钱，老头卖人格，他俩合伙糊弄反正也不是他们自己的政府。大家都这么干，移民局雇不起那么多劳力去跟踪每对男女。在这个国家别说小女人嫁老男人，就是小女人去嫁老女人，政府也恭喜。

又一批乘客出来了，小渔脖子往上引了引。她人不高不大，却长了高大女人的胸和臀，有点丰硕得沉甸甸了。都说这种女人会生养，会吃苦劳作，但少脑筋。少脑筋往往又多些好心眼。不然她怎么十七岁就做了护士？在大陆——现在她也习惯管祖国叫"大陆"，她护理没人想管的那些人，他们都在死前说她长了颗好心眼。她出国，人说：好报应啊，人家为出国都要自杀或杀人啦，小渔出门乘凉一样就出了国。小渔见他走出来，马上笑了。人说小渔笑得特别好，就因为笑得毫无想法。

他叫江伟，十年前赢过全国蛙泳冠军，现在还亮得出一身漂亮的田鸡肉。认识小渔时他正要出国，朋友们从三个月前就为他饯行。都说："以后混出半个洋人来别忘了拉扯拉扯咱哥儿们。"小渔是被人带走的，和谁也不熟，但谁邀她跳舞她都跳。把她贴近她就近，把她推远她就远，笑得都一样。江伟的手在她腰上不老实了一下，她笑笑，也认了。江伟又近一步，她抬起脸问："你干吗呀？"好像就她一个不懂男人都有无聊混蛋的时候。问了她名字工作什么的，他邀她周末出去玩。

"好啊。"她也不积极也不消极地说。

星期日他领她到自己家里坐了一个钟头，家里没一个人打算出门给他腾地方。最后只有他带她走。一处又一处，去了两三个公园，到处躲不开人眼。小渔一句抱怨没有。他说这地方怎么净是大活人，她便跟他走许多路，换个地方。最后他们还是回到他家，天已黑了。在院子大门后面，他将她横着竖着地抱了一阵。问她："你喜欢我这样吗？"她没声，身体被揉成什么形状就什么形状。第二个周末他与她上了床。忙过了，江伟打了个小盹。半醒着他问："你头回上床，是和谁？"

小渔慢慢说："一个病人，快死的。他喜欢了我一年多。"

"他喜欢你你就让了？"江伟像从发梢一下紧到脚趾。小渔还从他眼里读到：你就那么欠男人？那么不值价么？她手带着心事去摩挲他一身运足力的青蛙肉，"他跟渴急了似的，样子真痛苦、真可怜。"她说。她拿眼讲剩下的半句话：你刚才不也是吗？像受毒刑；像我有饭却饿着你。

江伟走了半年没给她一个字，有天却寄来一信封各式各样的纸，说已替她办好了上学手续，买好了机票，她拎着这一袋子纸到领事馆去就行了。她就这么"八千里路云和月"地来了。也没特别高兴、优越。快上飞机了，行李裂了个大口，母亲见大厅只剩了她一个，火都上来了："要赶不上了！怎么这么个肉脾气？"小渔抬头先笑，然后厚起嗓门说："人家不是在急吗？"

开始的同居生活是江伟上午打工下午上学，小渔全天打工周末上学。两人只有一顿晚饭时间过在一块。一顿饭时间他们过得很紧张，要吃、要谈、要亲昵。吃和亲昵都有花样，谈却总谈一个话题：

126

等有了身份，咱们干什么干什么。那么自然，话头就会指到身份上。江伟常笑得乖张，说："你去嫁个老外吧？"

"在这儿你不就是个老外？"小渔说。后来知道不能这么说。

"怎么啦，嫌我老外？你意思没身份就是老外，对吧？"他烦恼地将她远远一扔。没空间，扔出了个心理距离。

再说到这时，小渔停了。留那个坎儿他自己过。他又会来接她，不知问谁："你想，我舍得把你嫁老外吗？"小渔突然发现个秘密：她在他眼里是漂亮人，漂亮得了不得。她一向瞅自己挺马虎，镜子前从没耐烦过，因为她认为自己长得也马虎。她既不往自己身上费时也不费钱。不像别的女性，狠起来把自己披挂得像棵圣诞树。周末，唐人街茶点铺就晃满这种"树"，望去像个圣诞林子。江伟一个朋友真的找着了这么个下作机构：专为各种最无可能往一块过的男女扯皮条。"要一万五千呢！"朋友警告。他是没指望一试的。哪来的钱，哪来的小渔这样个女孩，自己凑钱去受一场糟践。光是想象同个猪八戒样的男人往证婚人面前并肩站立的一刻，多数女孩都觉得要疯。别说与这男人同出同进各种机构，被人瞧、审问，女孩们要流畅报出男人们某个被捂着盖着的特征。还有宣誓、拥抱、接吻，不止一回、两回、三回。那就跟个不像猪八戒的男人搭档吧？可他要不那么猪八戒，会被安安生生剩着，来和你干这个吗？还有，他越猪，价越低。一万五，老头不瘸不瞎，就算公道啦，江伟就这么劝小渔的。

站在证婚人的半圆办公桌前，与老头并肩拉手，小渔感觉不那么恐怖。事先预演的那些词，反正她也不懂。不懂的东西是不过心的，仅在唇舌上过过，良知卧得远远，一点没被惊动。

127

江伟伪装女方亲友站在一边，起初有人哄他"钟馗嫁妹""范蠡舍西施"，他还笑，渐渐地，谁逗他他把谁瞪回去。小渔没回头看江伟，不然她会发现他这会儿是需要去看看的。他站在一帮黄皮肤"亲戚老表里"，喉结大幅度升降，全身青蛙肉都鼓起，把旧货店买来的那件西装胀得要绽线。她只是在十分必要时去看老头。老头在这之前染了发，这钱也被他拿到小渔这儿来报账了。加上租一套西装，买一瓶男用香水，老头共赖走她一百元。后来知道，老头的发是瑞塔染的，西装也是瑞塔替他改了件他几十年前在乐团穿的演奏服。瑞塔和老头有着颇低级又颇动人的关系。瑞塔陪老头喝酒、流泪、思乡和睡觉。老头拉小提琴，她唱，尽管唱得到处跑调。老头全部家当中顶值价的就是那把提琴了。没了琴托，老头也不去配，因为配不到同样好的木质，琴的音色会受影响。老头是这么解释的，谁知道。没琴托的琴靠老头肩膀去夹，仍不很有效，琴头还是要脱拉下来，低到他腰以下。因此老头就有了副又凄楚又潦倒的拉琴姿态。老头穷急了，也没到街上卖过艺，瑞塔逼他，他也不去。他卖他自己。替他算算，如果他不把自己醉死，他少说还有十年好活，两年卖一回，一回他挣一万，到死他不会喝风啜沫。这样看，从中剥走五千元的下作"月佬"，就不但不下作并功德无量了。

　　要了一百元无赖的老头看上去就不那么赖了。小渔看他头发如漆，梳得很老派；身上酒气让香水盖掉了。西装穿得周正，到底也偶觉过。老头目光直咄咄的，眉毛也被染过和梳理过，在脸上盖出两块浓荫。他形容几乎是正派和严峻的。从他不断抿拢的嘴唇，小渔看出他呼吸很短，太紧张的缘故。最后老头照规矩拥抱了她。看到一张老脸向她压下来，她心里难过起来。她想他那么大岁数还要在这丑剧中这样艰辛卖力地演，角色对他来说，太重了。他已经累得喘不上气了。多可悲呀——她还想，他活这么大岁数只能在这种丑剧中扮个新郎，而没指望真去做回新郎。这辈子他都不会有这个指望了，所以他才把这角色演得那么真，在戏中过现实的瘾。老头又干又冷的嘴唇触上她的唇时，她再也不敢看他。什么原因，妨碍了他成为一个幸福的父亲和祖父呢？他身后竟没有一个人，来起哄助兴的全是黄皮肤的，她这边的。他真的孤苦得那样彻底啊。瑞塔也没来，她来，算是谁呢。当小渔睁开眼，看到老头眼里有点怜惜，似乎看谁毁了小渔这么个清清洁洁的少女，他觉得罪过。

过场全走完后，人们拥"老夫少妻"到门外草坪上。说好要照些相。小渔和老头在一辆碰巧停在草坪边缘的"本茨"前照了两张，之后陪来的每个人都窜到车前去喊："我也来一张！"无论如何，这生这世有那一刻拥有过它，就是夸口、吹牛皮，也不是毫无根据。只有江伟没照，慢慢拖在人群尾巴上。

小渔此时才发现他那样的不快活。和老头分手时，大家拿中国话和他嘻哈："拜拜，老不死你可硬硬朗朗的，不然您那间茅房，我们可得去占领啦……"江伟恶狠狠地嘎嘎笑起来。

当晚回到家，小渔照样做饭炒菜。江伟运动筷子的手却是瞎的。终于，他停下散漫的谈天，叫她去把口红擦擦干净。她说哪来的口红？她回来就洗了澡。他筷子一拍，喊："去给我擦掉！"

小渔瞪着他，根本不认识这个人了。江伟冲进厕所，撕下了截手纸，扳住她脸，用力擦她嘴唇连鼻子脸颊也一块扯进去。小渔想：他明明看见桌上有餐纸。她没挣扎，她生怕一挣扎他心里那点憋屈会发泄不净。她想哭，但见他伏在她肩上，不自持地饮泣，她觉得他伤痛得更狠更深，把哭的机会给他吧。不然两人都哭，谁来哄呢。她用力扛着他的哭泣，他烫人的抖颤，他冲天的委屈。

第二天清早，江伟起身打工时吻了她。之后他仰视天花板，眼神蒙着说："还有三百六十四天。"小渔懂他指什么。一年后，她可以上诉离婚，再经过一段时间出庭什么的。她就能把自己从名义上也撤出那婚姻勾当。但无论小渔怎样温存体贴，江伟与她从此有了那么点生分；一点阴阳怪气的感伤。他会在兴致很好时冒一句："你和我是真的吗？你是不是和谁都动真的?"他问时没有威胁和狠劲，而是虚弱的，让小渔疼他疼坏了。他是那种虎生生的男性，发蛮倒一切正常。他的笑也变了，就像现在这样：眉心抽着，两根八字纹顺鼻两翼拖下去，有点尴尬又有点歹意。

江伟发觉站在站口许多妻子中的小渔后马上堆出这么个笑。他们一块往家走。小渔照例不提醒她手里拎着两个大包。江伟也照例是甩手走到楼下才发现："咳，你怎么不叫我拿!"然后夺去所有的包。小渔累了一样笑，累了一样上楼上很慢。因为付给老头和那个机构的钱一部分是借的，他俩的小公寓搬进三条汉子来分担房租。一屋子脚味。小渔刚打算收拾，江伟就说："他们花钱雇你打扫啊?"

三条汉子之一在制衣厂剪线头，一件羊毛衫沾得到处是线头，小渔动手去摘，江伟也火："你是我的还是公用的?"

小渔只好硬下心，任它臭、脏、乱，反正你又不住这儿，江伟常说，话里梗梗地有牢骚，好像小渔情愿去住老头的房。"结婚"第二周，老头跑来，说移民局一清早来了人，直问他"妻子"哪去了。老头说上早班，下次他们夜里来，总不能再说"上夜班"吧？移民局探子又看见了几件女人衣裙，瑞塔的，他拿眼比试衣裙长度，又去比试结婚照上小渔的高度，然后问："你妻子是中国人，怎么尽穿意大利裙子？"

江伟只好送小渔过三条街，到老头房子里去了。老头房子虽破烂却是独居，两间卧室。小渔那间卧室的卫生间不带淋浴，洗澡要穿过老头的房。江伟严格检查了那上面的锁，还好使，也牢靠。他对她说：老东西要犯坏，你就跳窗子，往我这儿跑，一共三条街，他撵上你也跑到了。小渔笑着说：不会的。江伟说凭什么不会？听见这么年轻的女人洗澡，瘫子都起来了！

"不会的，还有瑞塔。"小渔指指正阴着脸在厨房炸鱼的瑞塔说。瑞塔对小渔就像江伟对老头一样，不掩饰地提防。小渔搬进去，老头便不让她在他房里过夜，说移民局再来了，故事就太难讲了。

半年住下来，基本小乱大治。小渔每天越来越早地回老头那儿去。江伟处挤，三条汉子走了一条，另一条找个自己干裁缝的女朋友，天天在家操作缝纫机。房里多了噪音少了脏臭，都差不多，大家也没什么啰唆。只是小渔无法在那里读书。吃了晚饭，江伟去上学，她便回老头那儿。她在那儿好歹有自己的卧室，若老头与瑞塔不闹不打，那儿还清静。她不懂他们打闹的主题。为钱？为房子漏？为厨房里蟑螂造反？为下水道反刍？为两人都无正路谋生，都逼对方出去奔伙食费？活到靠五十的瑞塔从未有过正经职业，眼下她帮阔人家做意大利菜和糕饼。她赚多赚少，要看多少家心血来潮办意式家宴。

偶然地，小渔警觉到他俩吵一部分为她。有回小渔进院子，她已习惯摸黑上门阶。但那晚门灯突然亮了。进门见老头站在门里，显然听到她脚步赶来为她开的灯。怕她摔着、磕碰着？怕她胆小怕黑？怕她鄙薄他：穷得连门灯也开不起？她走路不响的，只有悄然仔细的等候，才把时间掐得那么准，为她开灯。难道他等候了她？为什么等她，他不是与瑞塔顽皮顽得好好的？进自己屋不久，她听见"哼"一声，瑞塔母牲口一样嚷起来。然后是吵。吵吵吵，意大利语吵起来比什么语言都热烈奔放解恨。第二天早晨，老头缩在桌前，正将装"结婚照"的镜框往一块茬，玻璃没指望茬上了。她未敢问怎么了。怎么了还用问？她慢慢去捡地上的玻璃碴，跟她有过似的。

"瑞塔，她生气了？"她问。老头眼从老花镜上端、眉弓下端探出来，那么吃力。可不能问：因为你给我开了门灯（爱护？关切？献殷勤？）本来这事就够不三不四了，她再问，再弄准确些，只能使大家都窘死。

老头耸耸肩，表示：还有比生气更正常的吗？她僵站一会，说："还是叫瑞塔住回来吧？"其实并不难混过移民局的检查，他们总不会破门而入，总要先用门铃通报。门铃响，大家再做戏。房子乱，哪堆垃圾里都藏得进瑞塔。不不。老头越"不"越坚决。小渔敛声了。她搁下只信封，轻说："这两周的房钱。"

老头没去看它。

等她走到门厅，回头，见他已将钞票从信封里挖出，正点数。头向前伸，像吃什么一样生怕掉渣儿而去就盘子。她知道他急于搞清钱数是否如他期待。上回他涨房价，江伟跑来和他讨价还价，最后总算没动粗。这时她见老头头颈恢复原位，像吃饱吃够了，自个儿跟自个儿笑起来。小渔只想和事，便按老头要的价付了房钱，也不打算告诉江伟。不就十块钱吗？就让老头这般没出息地快乐一下吧。

瑞塔吵完第二天准回来，接下来的两三天会特别美好顺溜。这是老头拉琴她唱歌的日子。他们会这样拉呀唱的没够：摊着一桌子碟子、杯子，一地纸牌、酒瓶，垃圾桶臭得瘟一样。小渔在屋里听得感动，心想：他们每一天都过得像末日，却在琴和歌里多情。他俩多该结婚啊。因为除了他们彼此欣赏，世界就当没他们一样。他俩该生活在一起，谁也不嫌谁，即使自相残杀，也可以互舔伤口。

据说老头在"娶"小渔之前答应了娶瑞塔，他们相好已有多年。却因为她夹在中间，使他们连那一塌糊涂的幸福也没有了。

小渔心里的惭愧竟真切起来。她轻手轻脚走到厨房。先把垃圾袋拎了出去。她总是偷偷干这些事，不然瑞塔会觉得她侵犯她的主权，争夺主妇位置。等她把厨房清理一净，洗了手，走出来，见两人面对面站在窗口。提琴弓停了，屋里还有个打抖的尾音不肯散去。他们歌唱了他们的相依为命，这会儿像站着安睡了。小渔很感动、很感动。

是老头先看见了小渔。他推开正吻他的瑞塔，张皇失措地看着这个似乎误闯进来的少女。再举起琴和弓，他仅为了遮掩难堪和羞恼。没拉出音，他又将两臂垂下。小渔想他怎么啦？那脸上更迭的是自卑和羞愧吗？在少女这样一个真正生命面前，他自卑着自己，抑或还有瑞塔，那变了质的空掉了的生命——似乎？这种变质并不是衰老带来的，却和堕落有关。然而，小渔委屈着尊严，和他"结合"，也可以称为一种堕落。但她是偶然的、有意识的；他却是必然的、下意识的。下意识的东西怎么去纠正？小渔有足够的余生去纠正一个短暂的人为的堕落，他却没剩多少余生了。他推开瑞塔，还似乎怕他们丑陋的享乐唬着小渔；又仿佛，小渔清新地立在那儿，那么青春、无残，使他意识到她不配做那些，那些是小渔这样有真实生命和青春的少女才配做的。

其实那仅是一瞬。一瞬间哪里容得下那么多感觉呢？一瞬间对你抓住的是实感还是错觉完全不负责任。这一瞬对瑞塔就是无异常的一瞬。她邀请小渔也参加进来，催促老头拉个小渔熟悉的曲子，还给小渔倒了一大杯酒。

"太晚了，我要睡了。"她谢绝，"明天我要打工。"

回到屋，不久听老头送瑞塔出门。去卫生间刷牙，见老头一个人坐在厨房喝酒，两眼空空的。"晚安。"他说，并没有看小渔。

"晚安。"她说，"该睡啦，喝太多不好。"她曾经常这样对不听话的病人说话。

"我背痛。我想大概睡得太多了。"

小渔犹豫片刻还是走过去。他赤着膊，骨头清清楚楚，肚皮却囊着。他染过的头发长了，花得像芦花鸡。他两只小臂像毛蟹。小渔边帮他揉背边好奇地打量他。他说了声"谢谢"，她便停止了。他又道一回"晚安"，并站起身。她正要走，他却拉住她手。她险些大叫，但克制了，因为他从姿势到眼神都没有侵略性。"你把这里弄得这么干净；你总是把每个地方弄干净。为什么呢，还有三个月，你不就要搬走了吗？"

"你还要在这里住下去啊。"小渔说。

"你还在门口种了花。我死了，花还会活下去。你会这样讲，对吧？"

小渔笑笑："嗯。"她可没有这么想过，想这样做那样做她就做了。老头慢慢笑。是哪种笑呢？人绝处逢生？树枯木逢春？他一手握小渔的手，一手又去把盏。很轻地喝一口后，他问："你父亲什么样，喝酒吗？"

"不！"她急着摇头，并像孩子反对什么一样，坚决地蹙起五官。

老头笑出了响亮的哈哈，在她额上吻一下。

小渔躺在床上心仍跳。老头怎么了？要不要报告江伟？江伟会在带走她之前把老头鼻子揍塌吗？"老畜生，豆腐拣嫩的吃呐？"他会这样骂。可那叫"吃豆腐"吗？她温习刚才的场面与细节，老头像变了个人。没了她所熟悉的那点淡淡的无耻。尽管他还赤膊，醒醒遢遢，但气质里的醒醒遢遢却不见了。他问：你父亲喝酒吗？没问你男友如何。他只拿自己和她父亲排比而不是男友。也许什么使他想做一回长辈。他的吻也是长辈的。

周末她没对江伟提这事。江伟买了一辆旧车，为去干挣钱多的养路工。他俩现在只能在车上做他俩的事了。"下个月就能还清钱。"他说，却仍展不开眉。看他肤色晒得像土人，汗毛一根也没了，小渔紧紧搂住他。似乎被勾起一堆窝囊感慨，她使劲吻他。

十月是春天，在悉尼。小渔走着，一辆发出拖拉机轰鸣的车停在她旁边。老头的车。

"你怎么不乘火车？"他让她上车后问。

她说她已步行上下工好几个月了，为了省车钱。老头一下沉默了。他涨了三次房钱，叫人来修屋顶、通下水道、灭蟑螂，统统都由小渔付一半花销。她每回接过账单，不吭声立刻就付钱，根本不向江伟吐一个字。他知道了就是吵和骂，瞪着小渔骂老头，她宁可拿钱买清静。她瞒着所有人吃苦，人总该不来烦她了吧。不然怎样呢？江伟不会说，我戒烟、我不去夜总会、我少和男光棍们下馆子，钱省下你好乘车。他不会的，他只会去闹，闹得赢闹不赢是次要的。

"难怪，你瘦了。"在门口停车，老头才说。他一路在想这事。她以为他会说：下月你留下车钱再交房钱给我吧。但没有这话，老头那渗透贫穷的骨肉中不存在这种慷慨。他顶多在买进一张旧沙发时，不再把账单给小渔了。瑞塔付了一半沙发钱，从此她便盘踞在那沙发上抽烟、看报、染脚指甲手指甲，还有望呆。

一天她望着小渔从她面前走过，进卫生间，突然扬起眉，笑一下。小渔淋浴后，总顺手擦洗浴盆和脸盆。梳妆镜上总是雾腾腾溅满牙膏沫；台子上总有些毛渣，那是老头剪鼻孔毛落下的；地上的彩色碎指甲是瑞塔的。她最想不通的是白色香皂上的污秽指纹，天天洗，天天会再出现。她准备穿衣时，门响一下。门玻璃上方的白漆剥落一小块，她凑上一只眼，却和玻璃那面一只正向内窥的眼撞上。小渔"哇"一嗓子，喊出一股血腥。那眼大得吞人一样。她身子慌张地往衣服里钻，门外人却嘎嘎笑起来。拢拢神，她辨出是瑞塔的笑。"开开门，我紧急需要用马桶！"

瑞塔撩起裙子坐在马桶上，畅快淋漓地排泄，声如急雨。舒服地长吁和打几个战栗后，她一对大黑眼仍咬住小渔，嚼着和品味她半裸的身子。"我只想看看，你的奶和臀是不是真的，嘻……"

小渔不知拿这个连内裤都不穿的女人怎么办。见她慌着穿衣，瑞塔说："别怕，他不在家。"老头现在天天出门，连瑞塔也不知他去忙什么了。

"告诉你：我要走了。我要嫁个挣钱的体面人去。"瑞塔说。坐在马桶上趾高气扬起来。小渔问，老头怎么办？

"他？他不是和你结婚了吗？"她笑得一脸坏。

"那不是真的，你知道的……"和那老头"结婚"？一阵浓烈的耻辱袭向小渔。

"哦，他妈的谁知道真的假的！"瑞塔在马桶上架起二郎腿，点上根烟。一会就洒下一层烟灰到地上，"他对我像畜生对畜生，他对你像人对人！"

"我快搬走！要不，我明天就搬走！……"

再一次，小渔想，都是我夹在中间把事弄坏了。"瑞塔，你别走，你们应该结婚，好好生活！"

"结婚？那是人和人的事。畜生和畜生用不着结婚，它们不配结婚，在一块配种，就是了！我得找那么个人：跟他在一块，你不觉得自己是个母畜生。怪吧，跟人在一块，畜生就变得像人了；和畜生在一块，人就变了畜生。"

"可是瑞塔，他需要人照顾，他老了呀……"

"对了，他老了！两个月后法律才准许你们分居；再有一年才允许你们离婚。剩给我什么呢？他说，他死了只要能有一个人参加他的葬礼，他就不遗憾了。我就做那个唯一参加他葬礼的人？"

"他还健康，怎么会死呢？"

"他天天喝，天天会死！"

"可是，怎么办，他需要你喜欢你……"

"哦，去他的！"

瑞塔再没回来。老头酒喝得很静。小渔把这静理解成伤感。收拾卫生间，小渔将瑞塔的一只空粉盒扔进垃圾袋，可很快它又回到原位。小渔把这理解为怀念。老头没提过瑞塔，却不止一回脱口喊：

137

"瑞塔，水开啦。"他不再在家里拉琴，如瑞塔一直期望的，出去挣钱了。小渔偶尔发现老头天天出门：是去卖艺。

那是个周末，江伟开车带小渔到海边去看手工艺展卖。那里有人在拉小提琴，海风很大，旋律被刮得一截一截，但小渔听出那是老头的琴音。走了大半个市场，并未见拉琴人，总是曲调忽远忽近在人缝里钻。直到风大起来，还来了阵没头没脑的雨，跑散躲雨的人一下空出一整条街，老头才显现出来。

小渔被江伟拉到一个冰激凌摊子的大伞下。"咳，他!"江伟指着老头惊诧道，"拉琴讨饭来啦。也不赖，总算自食其力!"

老头也忙着要找地方避雨。小渔叫了他一声，他没听见。江伟斥她道："叫他做什么？我可不认识他!"

忙乱中的老头帽子跌到了地上。去拾帽子，琴盒的按钮开了，琴又摔出来。他捡了琴，捧婴儿一样看它伤了哪儿。一股乱风从琴盒里卷了老头的钞票就跑。老头这才把心神从琴上收回，去撵钞票回来。

雨渐大，路奇怪地空寂，只剩了老头，在手舞足蹈地捕蜂捕蝶一样捕捉风里的钞票。

小渔刚一动就被捺住："你不许去!"江伟说："少丢我人。人还以为你和这老叫花子有什么关系呢!"她还是挣掉了他。她一张张追逐着老头一天辛苦换来的钞票。在老头看见她，认出浑身透湿的她时，摔倒下去。他半蹲半跪在那里，仰视她，似乎那些钱不是她捡了还他的，而是赐他的。她架起他，一边回头去寻江伟，发现江伟待过的地方空荡了。

江伟的屋也空荡着。小渔等了两小时，他未回。她明白江伟心

138

里远不止这点别扭。瑞塔走后的一天，老头带回一盆吊兰，那是某家人搬房扔掉的。小渔将两只凳叠起，登上去挂花盆，老头两手掌住她脚腕。江伟正巧来，门正巧没锁，老头请他自己进来，还说，喝水自己倒吧，我们都忙着。

"我们，他敢和你'我们'? 你俩'我们'起来啦?"车上，江伟一脸恶心地说，"两人还一块浇花，剪草坪，还坐一间屋，看电视的看电视，读书的读书，难怪他'我们'……"小渔惊唬坏了：他竟对她和老头干起了跟踪监视! "看样子，老夫少妻日子过得有油有盐!"

"瞎讲什么?"小渔头次用这么炸的声调和江伟说话。但她马上又缓下来："人嘛，过过总会过和睦……"

"跟一个老王八蛋、老无赖，你也能往一块和?"他专门挑那种能把意思弄误差的字眼来引导他自己的思路。

"江伟!"她喊。她还想喊：你要冤死人的! 但汹涌的眼泪堵了她的咽喉。车轰一声，她不哭了。生怕哭得江伟心更毛。他那劲会过去的，只要让他享受她全部的温存。什么都不会耽误他享受她，痛苦、恼怒都不会。他可以一边发大脾气一边享受她。"你究竟是个什么样的女人呢?"他在她身上痉挛着问。

小渔到公寓楼下转，等江伟。他再说绝话她也绝不回嘴。男人说出那么狠的话，心必定痛得更狠。她直等到半夜仍等个空。回到老头处，老头半躺在客厅长沙发上，脸色很坏。他对她笑笑。

她也对他笑笑。有种奇怪的会意在这两个笑当中。

第二天她下班回来，见他毫无变化地躺着，毫无变化地对她笑笑。他们再次笑笑。到厨房，她发现所有的碟子、碗、锅都毫无变化地搁着，老头没有用过甚至没有碰过它们。他怎么啦？她冲出去欲问，但他又笑笑。一个感觉舒适的人才笑得出这个笑。她说服自己停止无中生有的异感。

她开始清扫房子，想在她搬出去时留下个清爽些、人味些的居处给老头。她希望任何东西经过她手能变得好些；世上没有理应被糟蹋掉的东西，包括这个糟蹋了自己大半生的老头。

老头看着小渔忙。他知道这是她在这儿的最后一天，这一天过完，他俩就两清了。她将留在身后一所破旧但宜人的房舍和一个孤寂但安详的老头。

老头变了。怎么变的小渔想不懂。她印象中老头老在找遗失的东西：鞋拔子、老花镜、剃须刀。有次一把椅子散了架，椅垫下他找到了四十年他一直在找的一枚微型圣像，他喜悦得那样暧昧和神秘，连瑞塔都猜不透那指甲大的圣像所含的故事。似乎偶然地，他悄悄找回了遗失了更久的一部分他自己。那一部分的他是宁静、文雅的。

现在他会拎着还不满的垃圾袋出去，届时他会朝小渔看看，像说：你看，我也做事了，我在好好生活了。他仿佛真的在好好做人：再不挨门去拿邻居家的报看，也不再敲诈偶尔停车在他院外的人。他仍爱赤膊，但小渔回来，他马上找衣服穿。他仍把电视音量开得惊天动地，但小渔卧室灯一暗，他立刻将它拧得近乎哑然。一天小渔上班，见早晨安静的太阳里走着拎提琴的老人，自食其力使老人有了副安泰认真的神情和庄重的举止。她觉得那样感动：他是个多正常的老人；那种与世界、人间处出了正当感情的老人。

小渔在院子草地上耙落叶时想，他会好好活下去，即使没有了瑞塔，没有了她。无意中，她瞅进窗里，见老头在动，在拼死一样动。他像在以手臂拽起自己身体，很快却失败了。他又试，一次比一次猛烈地试，最后妥协了，躺成原样。

原来他是动不了了！小渔冲回客厅，他见她，又那样笑。他这样一直笑到她离去；让她安安心心按时离去？……她打了急救电话，医生护士来了，证实了小渔的猜想：那雨里的一跤摔出后果来了，老头中了风。他们还告诉她：老头情况很坏，最理想的结果是一周后发现他还活着，那样的话，他会再一动不动地活些日子。他们没用救护车载老头去医院，说是反正都一样了。

老头现在躺回了自己的床。一些连着橡皮管和瓶子的支架竖在他周围。护士六小时会来观察一次，送些茶饭，换换药水。

"你是他什么人？"护士问。对老头这样的穷病号，她像个仁慈的贵妇人。

老头和她都赖着不说话。电话铃响了，她被饶了一样拔腿就跑。

"你东西全收拾好了吧？"江伟在一个很吵闹的地方给她打电话。听她答还没有，他话又躁起来："给你俩钟头，理好行李，到门口等我！我可不想见他……"你似乎也不想见我，小渔想。从那天她搀扶老头回来，他没再见她。她等过他几回，总等不着他。电话里问他是不是很忙，他会答非所问地说：我他妈的受够了！好像他是这一年唯一的牺牲。好像这种勾当单单苦了他。好像所有的割让都是他做的。"别忘了，"江伟在那片吵闹中强调，"去问他讨回三天房钱，你提前三天搬走的！"

"他病得很重，可能很危险……"

"那跟房钱有什么相干？"

她又说，他随时有死的可能；他说，跟你有什么相干？对呀对呀，跟我有什么相干。这样想着，她回到自己卧室，东抓西抓地收拾了几件衣服，突然搁下它们，走到老头屋。

护士已走了。老头像已入睡。她刚想离开，他却睁了眼。完了，这回非告别不可了。她心里没一个词儿。

"我以为你已经走了！"老头先开了口。她摇摇头。摇头是什么意思？是不走吗？她根本没说她要留下，江伟却问：你想再留多久？陪他守他、养他老送他终？……

老头从哪里摸出张纸片，是张火车月票。他示意小渔收下它。当她接过它时，他脸上出现一种认错后的轻松。

"护士问我你是谁，我说你是房客，是个非常好的好孩子。"老头说。

小渔又摇头。她真的不知自己是不是好。江伟刚才在电话里咬牙切齿，说她居然能和一个老无赖处那么好，可见是真正的"好"女人了。他还对她说，两小时后，他开车到门口，假如门口没她人，他掉车头就走。然后他再不来烦她，她愿意陪老头多久就多久。他再一次说他受够了。

老头目送她走到门口。她欲回身说再见，见老头的拖鞋一只底朝天。她去摆正它时，忽然意识到老头或许再用不着穿鞋；她这份周到对老头只是个刺痛的提醒。对她自己呢？这举动是个借口；她需要借口多陪伴他一会，为他再多做点什么。

"我还会回来看你……"

"别回来……"他眼睛去看窗外，似乎说：外面多好，出去了，干吗还进来？老头的手动了动。小渔感到自己的手也有动一动的冲动。她的手便去握老头的手了。

"要是……"老头看着她，满嘴都是话，却不说了。他眼睛大起来，仿佛被自己的不知天高地厚唬住了。她没问——"要是"是问不尽的。要是你再多住几天就好了。要是我死了你会记得我吗？要是我幸运地有个葬礼，你来参加吗？要是将来你看到任何一个孤零零的老人，你会由他想到我吗？

小渔点点头，答应了他的"要是"。

老头向里一偏头，蓄满在他深凹的眼眶里的泪终于流出来。

选自《失眠人的艳遇》

四川文艺出版社 1996 年版

作家的话 ◈

善良或许是人们渐渐离开野蛮，渐渐与动物式的（生活）拉开距离时出现的。是宗教出现时人们发现了善良的美丽和价值，善良是标介在人和畜之间的第一个标识。女性在此时发现自己天生就有的恻隐之心。然而文明发展到今天这一步，善良又在逐渐从女性心灵中蜕去，或被蜕去。善良再次变得一文不值。连常常进教堂也不能使善良的价值回升。……我一时忽发奇想：这是不是说明我们的生存环境又变得野蛮了呢，还是善良的女人们在某种程度上返祖了呢？以《少女小渔》，我只是想对自己证实，她的善良我们曾经有过。我很矛盾，爱着善良柔弱的人，又羡慕不善刚强的人。

《弱者的宣言》

评论家的话 ◈

　　这是一篇在题旨、题材、结构和表现手法与技巧的小说诸元素皆称别致的上乘之作。异国特异的移民法管制下产生的怪异的人际连线，串联了合法而伪装的婚姻，非法而实质的夫妻、二房东与互惠的房客、真妻与假妻和真夫与假夫、同居夫妻间的人与兽和兽与人等种种错综、微妙而难言的牵系，小说的传奇与艺术的特殊性，作者对此有独到的突出的握力。

　　原只是以这种官与民、公与私，悉皆心知肚明，当真又不当真的伪婚，游走法律边缘，为勾结互惠求生的伎俩，久则激荡出迥异的歧途岔路，一则助长了疲软的人性之恶，一则相濡以沫，成全了强韧的人性之善。同等阅历过程，结果趋于互异，分向功利与温情、现实与浪漫的两端相极化……

　　小渔已非少女，唯是这样的典型人物，到老也是少女。作者借生活中多少无足轻重的琐细，雕琢此一从不挑剔而无限包容的中国女子典型，却不着痕迹，功力与丰富的生活体验，令人敬服。

　　　　　　　　朱西宁：《大器可期：〈少女小渔〉的品味》

张 炜 ◈

融入野地

    张炜，1956 年出生于山东龙口，原籍山东栖霞。1976 年高中毕业后回原籍参加工副业劳动。1978 年考入烟台师范专科学校中文系。1980 年毕业后，到山东省档案局工作，同年发表小说处女作。次年调山东省文联从事专业创作。出版有中短篇小说集《芦青河告诉我》《浪漫的秋夜》《秋天的愤怒》《童眸》等，长篇小说《古船》《我的田园》《九月寓言》《柏慧》《家族》等。初期创作常描写与青年女性朦胧甜蜜的爱情同时到来的精神觉醒，和对于善良的弱者的抚慰，强烈的感情、深郁的意境和优美的语言和谐统一，但失之于柔弱、纤巧。经由"秋天三部曲"直至《古船》及以后，青春的激情变为深广的忧愤，纤细而敏感的心灵增添了人道主义的内涵，对现实和历史的描写融入了主体的生命体验，手法日见丰富，境界愈益恢宏。

一

城市是一片被肆意修饰过的野地，我最终将告别它。我想寻找一个原来，一个真实。这纯稚的想念如同一首热烈的歌谣，在那儿引诱我。市声如潮，淹没了一切，我想浮出来看一眼原野、山峦，看一眼丛林、青纱帐。我寻找了，看到了，挽回的只有没完没了的默想。辽阔的大地，大地边缘是海洋。无数的生命在腾跃、繁衍生长，升起的太阳一次次把它们照亮……当我在某一瞬间睁大了双目时，突然看到了眼前的一切都变得簇新。它令人惊悸，感动，诧异，好像生来第一遭发现了我们的四周遍布奇迹。

我极想抓住那个"瞬间感受"，心头充溢着阵阵狂喜。我在其中领悟：万物都在急剧循环，生生灭灭，长久与暂时都是相对而言的；但在这纷纭无绪中的确有什么永恒的东西。我在捕捉和追逐，而它又绝不可能属于我。这是一个悲剧，又是一个喜剧。暂且抑制了一个城市人的伤感，面向旷野追问一句：为什么会是这样？这些又到底来自何方？已经存在的一切是如此完美，完美得让人不可思议；它又是如此残缺，残缺得令人痛心疾首。我们面对的不仅是一个熟知的世界，还有一个完全陌生的世界；原来那种悲剧感或是喜剧感都来自一种无可奈何。

心弦紧绷，强抑下无尽的感慨。生活的浪涌照例扑面而来，让人一拍三摇。做梦都想像一棵树那样抓牢一小片泥土。我拒绝这种无根无定的生活，我想追求的不过是一个简单、真实和落定。这永远只能停留在愿望里。寻找一个去处成了大问题，安慰自己这颗成年人的心也成了大问题。默默挨蹭，一个人总是先学会承受，再设法拒绝。承受，一直承受，承受你的自尊所无法容许的混浊一团。也就在这无边的踟蹰中，真正的拒绝开始了。

这条长路犹如长夜。在漫漫夜色里，谁在长思不绝？谁在悲天悯人？谁在知心认命？心界之内，喧嚣也难以渗入，它们只在耳畔化为了夜色。无光无色的域内，只需伸手触摸，而不以目视。在这儿，传统的知与见已经失去了原有的意义。神游的脚步磨得夜气发烫，心甘情愿一意追踪。承受、接受、忍受——一个人真的能够忍受吗？有时回答能，有时回答不，最终还是不能。我于是只剩下了最后的拒绝。

二

当我还一时无法表述"野地"这个概念时，我就想到了融入。因为我单凭直觉就知道，只有在真正的野地里，人可以漠视平凡，发现舞蹈的仙鹤。泥土滋生一切；在那儿，人将得到所需的全部，特别是百求不得的那个安慰。野地是万物的生母，她子孙满堂却不会衰老。她的乳汁汇流成河，涌入海洋，滋润了万千生灵。

我沿了一条小路走去。小路上脚印稀罕，不闻人语，它直通故地。谁没有故地？故地连接了人的血脉，人在故地上长出第一缕根须。可是谁又会一直心系故地？直到今天我才发现，一个人长大了，走向远方，投入闹市，足迹印上大洋彼岸，他还会固执地指认：故

147

地处于大地的中央。他的整个世界都是那一小片土地生长延伸出来的。

我又看到了山峦，平原，一望无边的大海。泥沼的气息如此浓烈，土地的呼吸分明可辨。稼禾、草、丛林；人、小蚁、骏马；主人、同类、寄生者……搅缠共生于一体。我渐渐靠近了一个巨大的身影……

故地指向野地的边缘，这儿有一把钥匙。这里是一个入口，一个门。满地藤蔓缠住了手足，丛丛灌木挡住了去路，它们挽留的是一个过客，还是一个归来的生命？我伏下来，倾听，贴紧，感知脉动和体温。此刻我才放松下来，因为我获得了真正的宽容。

一个人这时会被深深地感动。他像一棵树一样，在一方泥土上萌生。他的一切最初都来自这里，这里是他一生探究不尽的一个源路。人实际上不过是一棵会移动的树。他的激动、欲望，都是这片泥土给予的。他曾经与四周的丛绿一起成长。多少年过去了。回头再看旧时景物，会发现时间改变了这么多，又似乎一点也没变。绿色与裸土并存，枯树与长藤纠扯。那只熟悉的红点颏与巨大的石碾一块儿找到了；还有荒野芜草中百灵的精制小窝……故地在我看来真是妙迹处处。

一个人只要归来就会寻找。只要寻找就会如愿。多么奇怪又多么素朴的一条原理，我一弯腰将它拣了起来。匍匐在泥土上，像一棵欲要扎根的树——这种欲求多次被鹦鹉学舌者给弄脏。我要将其还回原来。我心灵里那个需求正像童年一样热切纯洁。

我像个熟练的取景人，眯起双目遥视前方。这样我就迷蒙了画面，闪去了很多具体的事物。我看到的不是一棵或一株，而是一派绿色；不是一个老人一个少女，而是密挤的人的世界。所有的声息都撒落在泥土上，混合一起涌过，如蜂鸣如山崩。

我蹲在一棵壮硕的玉米下，长久地看它大刀一样的叶片，上面的银色丝络；我特别注意了它如爪如须、紧攥泥土的根。它长得何等旺盛，完美无损，英气逼人。与之相似的无语生命比比皆是，它们一块儿忽略了必将来临的死亡。它们有个精神，秘而不宣。我就这样仰望着一棵近在咫尺的玉米。

时至今天，似乎更没有人愿意重视知觉的奥秘。人仿佛除了接受再没有选择。语言和图画携来的讯息堆积如山，现代传递技术可以让人蹲在一隅遥视世界。谬误与真理掺拌一起抛洒，人类像挨了一场陨石雨。它损伤的是人的感知器官。失去了辨析的基本权利，剩下的只是一种苦熬。一个现代人即便大睁双目，还是拨不开无形的眼障。错觉总是缠住你，最终使你臣服。传统的"知"与"见"给予了我们，也蒙蔽了我们。于是我们要寻找新的知觉方式，警惕自己的视听。

我站在大地中央，发现它正在生长躯体，它负载了江河和城市，让各色人种和动植物在腹背生息。令人无限感激的是，它把正中的一块留给了我的故地。我身背行囊，朝行夜宿，有时翻山越岭，有时顺河而行；走不尽的一方土，寸土寸金。有个异国师长说它像邮票一般大。我走近了你、挨上了你吗？一种模模糊糊的幸运飘过心头。

三

大概不仅仅是职业习惯，我总是急于寻觅一种语言。语言对于我从来就有一种神秘的感觉。人生之路上遭逢的万事万物之所以缄口沉默，主要是失去了语言。语言是凭证、是根据，是继续前行的资本。我所追求的语言是能够通行四方、源发于山脉和土壤的某种东西，它活泼如生命，坚硬如顽石，有形无形，有声无声。它就撒落在野地上，潜隐在万物间。河水汩汩流淌，大海日夜喧嚷，鸟鸣人呼——这都是相互隔离的语言；那么通行四方的语言藏在了哪里？

它犹如土中的金子，等待人们历尽辛苦之后才跃出。我的力气耗失了那天，即便如愿以偿了又有什么意义？我像所有人一样犹豫、沮丧、叹息，不知何方才是目的，既空空荡荡又心气高远。总之无语的痛苦难以忍受，它是真实的痛苦。我的希冀不大，无非就想讨一句话。很可惜也很残酷，它不发一言。

让人亲近、心头灼热的故地，我扑入你的怀抱就痴话连篇，说了半晌才发觉你仍是一个默默。真让人尴尬。我知道无论是秋虫的鸣响或人的欢语，往往都隐下了什么。它们的无声之声才道出真谛，我收拾的是声音底层的回响。

在一个废弃的村落旧址上，我发现了遗落在荒草间的碾盘。它上面满是磨钝了的齿沟。它曾经被忙于生计的人团团围住，它当刻下滔滔话语。还有，茅草也遮不住的破碎瓦砾，该留下被击碎那一刻的尖利吧？我对此坚信无疑，只是我仍然不能将其破译。脚下是一道道地裂，是在草叶间偷窥的小小生灵。太阳欲落，金红的火焰从天边一直烧到脚下；在这引人怀念和追忆的时刻，我感到了凄凉，更感到了蕴含于天地自然中的强大的激情。可是我们仍然相对无语。

刚刚接近故地的那种熟悉和亲切逐渐消失，代之而来的是深深的陌生感。我认识到它们的表层之下，有着我以往完全不曾接近过的东西。多少次站在夕阳西下的郊野，默想观望，像等候一个机会。也就在这时，偶尔回想起流逝的岁月，会勾起一丝酸疼。好在这会儿我已没有了书生那样的忏悔，而是充满了爱心和感激，心甘情愿地等待、等待。我回想了童年，不是那时的故事，而是那时的愉快心情。令人惊讶的是那种愉悦后来再也没有出现。我多少领悟了：那时还来不及掌握太多的俗词儿，因而反倒能够与大自然对话；那愉悦是来自交流和沟通，那时的我还未完全从自然的母体上剥离开来。世俗的词儿看上去有斤有两，在自然万物听来却是一门拙劣的外语。使用这种词儿操作的人就不会有太大希望。解开了这个谜我一阵欣慰，长舒一口。

田野上有很多劳作的人，他们趴在地上，沾满土末，禾绿遮着铜色躯体，掩成一片。土地与人之间用劳动沟通起来，人在劳动中就忘记了世俗的词儿。那时人与土地以及周围的生命结为一体，看上去，人也化进了朦胧。要倾听他们的语言吗？这会儿真的渗入泥中，长成了绿色的茎叶。这是劳动和交流的一场盛会，我怀着赶赴盛宴的心情投入了劳动。我想将自己融入其间。

人若丢弃了劳动就会陷于蒙昧。我有个细致难忘的观察：那些劳动者一旦离开了劳动，立刻操起了世俗的词儿。这就没有了交流的工具，与周遭的事物失去了联系，因而毫无力量。语言，不仅仅是表，而是里；它有自己的生命、质地和色彩，它是幻化了的精气。仅以声音为标志的语言已经是徒有其表，魂魄飞走了。我崇拜语言，并将其奉为神圣和神秘之物。

四

生活中无数次证明：忍受是困难的。一个人无论多么达观，最终都难以忍受。逃避、投诚、撞碎自己，都不是忍受。拒绝也不是忍受。不能忍受是人性中刚毅纯洁的一面，是人之所以可爱的一个原因。偶有忍受也为了最终的拒绝。拒绝的精神和态度应该得到赞许。但是，任何一种选择都是通过一个形式去完成的，而形式可以是多种多样的。

一个人如果因爱而痴，形似懵懂，也恰恰是找到了自己的门径。别人都忙于拒绝时，他却进入了忘我的状态。忘我也是不能忍受的结果。他穿越激烈之路，烧掉了愤懑，这才有了痴情。爱一种职业、一朵花、一个人，爱的是具体的东西；爱一份感觉、一个意愿、一片土地、一种状态，爱的是抽象的东西。只要从头走过来，只要爱得真挚，就会痴迷。迷了心窍，就有了境界。

当我投入一片茫茫原野时，就明白自己背向了某种令我心颤的、滚烫烫的东西。我从具体走向了抽象。站在荒芜间举目四望，一个质问无法回避。我回答仍旧爱着。尽管头发已经蓬乱，衣衫有了破洞，可我自知这会儿已将内心修葺得工整洁美。我在迎送四季的田头壑底徘徊，身上只负了背囊，没有矛戟。我甘愿心疏志废、自我

152

放逐。冷热悲欢一次次织成了网，我更加明白我"不能忍受"，扔掉小欣喜，走入故地，在秋野禾下满面欢笑。

但愿截断归途，让我永远待在这里。美与善有时需要独守，需要眼睁睁地看着它生长。我处于沉静无声的一个世界，享受安谧；我听到挚友在赞颂坚韧，同志在歌唱牺牲，而我却仅仅是不能忍受。故地上的一棵红果树、一株缬草，都让我再三吟味。我不能从它们的身边走开，它们深深地吸引了我。我在它们的淡淡清香中感动不已。它们也许只是简单明了、极其平凡的一树一花，荒野里的生物，可它们活得是何等真实。

我消磨了时光，时光也恩惠了我。风霜洗去了轻薄的热情，只留住了结结实实的冷漠。站在这辽远开阔的平畴上，再也嗅不到远城炊烟。四处都是去路，既没人挽留，也没人催促。时空在这儿变得旷敞了，人性也自然松弛。我知道所有的热闹都挺耗人，一直到把人耗贫。我爱野地，爱遥远的那一条线。我痴迷得不可救药，像入了玄门；我在忘情时已是口不能语，手不能书；心远手粗，有时提笔忘字。我顺着故地小径走入野地，在荒村陋室里勉强记下野歌。这些歪歪扭扭的墨迹没有装进昨天的人造革皮夹，而是用一块土纺花布包了，背在肩上。

土纺花布小包裹了我的痴唱，携上它继续前行。一路上我不断地识字：如果说象形文字源于实物，它们之间要一一对应；那么现在是更多地指认实物的时候了。这是一种可以保持长久的兴趣，也只有在广大的土地上才做得到。琐细迷人的辨识中，时光流逝不停，就这样过起了自己的日子。我满足于这种状态和感觉、这其间难以言传的欢愉。这欢愉真像是窃来的一样。

我知道不能忍受的东西终会消失，但我也明白一个人有多么执拗。因此，历史上的智者一旦放逐了自己就乐不思蜀。一切都平平淡淡地过下来，像太阳一样重复自己。这重复中包含了无尽的内容。

五

在一些质地相当纯正的著作里，我注意到它一再地提请我们注意如下的意思：孤独有多么美。在这儿，孤独这个概念多少有些含混。大概在精神的驻地、在人的内心，它已经无法给弄得更准确了。它大约在指独自一人——当然无论是肉体方面还是精神方面的状态。一个动物，一株树，都可以孤独。孤独是难以归类的结果。它是美的吗？果真如此，人们也就无须慌悚逃离了。它起码不像幻想那么美；如果有一点点，也只是一种苍凉的美。

一个人处于那样的情状只会是被迫的。现代人之所以形单影只，还因为有一个不断生长的"精神"。要截断那种恐惧，就要截断根须。然而这是徒劳的，因为只要活着，它总要生长。伪装平庸也许有趣，但要真的将一个人扔还平庸，必然遭到他的剧烈抵抗。

独自徘徊富于诗意，但极少有人注意其中的痛苦。孤独往往是心与心的通道被堵塞。人一生下来就要面对无数隐秘，可是对于每个人而言，这隐秘后来不是减少而是成倍地增加了。它来自各个方面，也来自人本身。于是被嘲弄被困扰的尴尬就始终相伴，于是每个人都在自觉不自觉地挣脱——说不出的恐惶使他们丢失了优雅。

在我眼里，孤独是可怕的，但更可怕的是放弃自尊。怎样既不

154

失去后者又能保住心灵上的润泽？也许真的"鱼与熊掌不可得兼"，也许它又是一个等待破解的隐秘。在漫漫的等待中，有什么能替代冥想和自语？我发现心灵可以分解，它的不同的部分甚至能够对话。可是不言而喻，这样做需要一份不同寻常的宁静，使你能够倾听。

正像一籽抛落就要寻下裸土，我凭直感奔向了土地。它产生了一切，也就能回答一切，圆满一切。因为被饥困折磨久了，我远投野地的时间选在了九月，一个五谷丰登的季节。这时候的田野上满是结果。由于丰收和富足，万千生灵都流露出压抑不住的欢喜，个个与人为善。浓绿的植物、没有衰败的花、黑土黄沙，无一不是新鲜真切。待在它们中间，被侵犯和伤害的忧虑空前减弱，心头泛起的只是依赖和宠幸……

这是一个喃喃自语的世界，一个我所能找到的最为慷慨的世界。这儿对灵魂的打扰最少。在此我终于明白：孤独不仅是失去了沟通的机缘，更为可怕的是频频侵扰下失去了自语的权利。这是最后的权利。

就为了这一点点，我不惜千里跋涉，甚至一度变得"能够忍受"。我安定下来，驻足入驿，这才面对自己的幸运。我简直是大喜过望了。在这里我弄懂一个切近的事实：对于我们而言，山脉土地，是千万年不曾更移的背景；我们正被一种永恒所衬托。与之相依，尽可以沉入梦呓，黎明时总会被久长悠远的呼鸣给唤醒。

世上究竟哪里可以与此地比拟？这里处于大地的中央。这里与母亲心理上的距离最近。在这里，你尽可述说昨日的流浪。凄冷的岁月已经过去，一个男子终于迎来了双亲。你没有泣哭，只是因为你学会了掩泪入心。在怀抱中的感知竟如此敏锐，你只需轻轻一瞥就看透了世俗。长久和短暂、虚无与真实，罗列分明。你发现寻求同类也并非想象那么艰苦，所有朴实的、安静的、纯真的，都是同类。它们或他们大可不必操着同一种语言，也不一定要以声传情。同类只是大地母亲平等照料的孩子，饮用同样的乳汁，散发着相似的奶腥。

在安怡温和的长夜，野香熏人。追思和畅想赶走了孤单，一腔柔情也有了着落。我变得谦让和理解，试着原谅过去不曾原谅的东西，也追究着根性里的东西。夜的声息繁复无边，我在其间想象：在它的启示之下，我甚至又一次探寻起词语的奥秘。我试过将音节和发声模拟野地上的事物，并同时传递出它的内在神采。如小鸟的"啾啾"，不仅拟声极准，"啾"字竟是让我神往的秋、秋天秋野；口、嘴巴歌喉——它们组成的。还有田野的气声、回响，深夜里游动的光。这些又该如何模拟出一个成词并汇入现代人的通解？这不仅是饶有兴趣的实验，它同时也接近了某种意义和目的。我在默默夜色里找准了声义及它们的切口，等于是按住万物突突的脉搏。

一种相依相伴的情感驱逐了心理上的不安。我与野地上的一切共存共生，共同经历和承受。长夜尽头，我不止一次听到了万物在诞生那一刻的痛苦嘶叫。我就这样领受了凄楚和兴奋交织的情感，让它磨砺。

好在这些不仅仅停留于感觉之中。臆想的极限超越之后，就是实实在在的触摸了。

六

因为我在很大程度上摆脱了生命的寂寥，所以我能够走出消极。我的歌声从此不仅为了自慰，而且还用以呼唤。我越来越清楚这是一种记录，不是消遣，不是自娱，甚至也来不及伤感。如若那样，我做的一切都会像朝露一样蒸掉。我所提醒人们注意的只是一些最普通的东西，因为它们之中蕴含的因素使人惊讶，最终将被牢记。我关注的不仅仅是人，而是与人不可分割的所有事物。我不曾专注于苦难，却无法失去那份敏感。我所提供的，仅仅是关于某种状态的证词。

这大概已经够了。这是必要的。我这儿仅仅遵循了质朴的原则，自然而然地藐视乖巧。真实伴我左右，此刻无须请求指认。我的声音混同于草响虫鸣，与原野的喧声整齐划一。这儿不需一位独立于世的歌手；事实上也做不到。我竭尽全力只能仿个真，以获取在它们身侧同唱的资格。

来时两手空空，野地认我为贫穷的兄弟。我们肌肤相摩，日夜相依。我隐于这浑然一片，俗眼无法将我辨认。我们的呼吸汇成了风，气流从禾叶和河谷吹过，又回到我们中间。这风洗去了我的疲惫和倦怠，裹挟了我们的合唱。谁能从中分析我的嗓音？我化为了自然之声。我生来第一次感受这样的骄傲。

我所投入的世界生机勃勃，这儿有永不停息的蜕变、消亡以及诞生。关于它们的讯息都覆于落叶之下，渗进了泥土，新生之物让第一束阳光照个通亮。这儿瞬息万变，光影交错，我只把心口收紧，让神思一点点溶解。喧哗四起，没有终结的躁动——这就是我的故地。我跟紧了故地的精灵，随它游遍每一道沟坎。我的歌唱时而荡在心底，时而随风飘动。精灵隐隐左右了合唱，或是和声催生了精灵。我充任了故地的劣等秘书，耳听口念手书，痴迷恍惚，不敢稍离半步。

眼看着四肢被青藤绕裹，地衣长上额角。这不是死，而是生。我可以做一棵树了，扎下根须，化为了故地上的一个器官。从此我的吟哦不是一己之事，也非我能左右。一个人消逝了，一株树诞生了。生命仍在，性质却得到了转换。

这样，自我而生的音响韵节就留在了另一个世界。我寻找同类因为我爱他们、爱纯美的一切，寻求的结果却使我化为一棵树。风雨将不断梳洗我，霜雪就是膏脂。但我却没有了孤独。孤独是另一边的概念，洋溢着另一种气味。从此尽是树的阅历，也是它的经验和感受。有人或许听懂了树的歌吟，注目枝叶在风中相摩的声响，但树本身却没有如此的期待。一棵棵树就是这样生长的，它的最大愿望大概就是一生抓紧泥土。

七

随着年龄的增长，我越来越注意到艺术的神秘的力量。只有艺术中凝结了大自然那么多的隐秘。所以我认为光荣从来属于那些最激动人心的诗人。人类总是通过艺术的隧道去触摸时间之谜，去印证生命的奥秘。自然中的全部都可通过艺术之手的拨动而进入人的视野。它与人的关系至为独特，人迷于艺术，是因为他迷于人本身、迷于这个世界昭示他的一切。一个健康成长着的人对于艺术无法选择。

但实际上选择是存在的。我认为自己即有过选择。对于艺术可以有多种解释，这是必然的。但我始终认为将艺术置于选择的位置，是一次堕落。

我曾选择过，所以我也有过堕落。补救的方法也许就是紧紧抱定这个选择结果，以求得灵魂的升华。这个世界的物欲愈盛，我愈从容。对于艺术，哪怕给我一个独守的机会也好。我交织着重重心事：一方面希望所有人的投入，另一方面又怕玷污了圣洁。在我看来它只该继续走向清冷，走到一个极端。留下我来默祷，为了我的守护，和我认准了的那份神圣。当然这是不可能的。

我梦见过在烛光下操劳的银匠，特别记住了他头顶闪烁的那一团白发。深不见底的墨夜，夜的中间是掬得起的一汪烛晖……什么是艺术？什么是劳动？它们共生共长吗？我在那个清晨叮咛自己：永远不要离开劳动——虽然我从未想过、也从未有过离去的念头。

艺术与宗教的品质不尽相同，但两者都需要心怀笃诚。当贪婪和攫取的狂浪拍碎了陆地，你不得不划一叶独舟时，怀中还剩下了什么？无非是一份热烈和忠诚。饥饿和死亡都不能剥夺的东西才是真正珍贵的。多少人歌颂物欲，说它创造了世界。是的，它创造了一个邪恶的世界；它也毁灭了一个世界，那是一个宁静的世界。我渐渐明白：要始终保有富足，积累的速度并不重要，重要的是能够积累。诚实的劳动者和艺术家一块儿发现了历史的哀伤，即：不能够。

人的岁月也极像循环不止的四季，时而斑斓，时而被洗得光光。一切还得从头开始。为了寻觅永久的依托，人们还是找到站立的这片土地。千万年的秘史糅在泥中，生出鲜花和毒菇。这些无法言喻的事物靠什么去洞悉和揭示？哪怕是仅仅获取一个接近的权力，靠什么？仍然是艺术，是它的神秘的力量。

滋生万物的野地接纳了艺术家。野地也能够拒绝，并且做得毅然彻底。强加于它的东西最终就不能立足。泥土像好的艺术家，看上去沉静，实际上怀了满腔热情。艺术家可以像绿色火焰，像青藤，在土地上燃烧。

最后也只能剩下一片灰烬。多么短暂，连这点也像青藤。不过他总算用这种方式挨紧了热土。

八

我曾询问：一个知识分子的精神源自何方？它的本源是什么？很久以来，一层层纸页将这个本来浅显的问题给覆盖了。当然，我不会否认渍透了心汁的书林也孕育了某种精神。可我还是发现了那种悲天的情怀来自大自然，来自一个广漠的世界。也许在任何一个时世里都有这样的哀叹——我们缺少知识分子。它的标志不仅是学历和行当上的造就，因为最重要的依据是一个灵魂的性质。真正的"知"应该达于"灵"。那些弄科技艺术以期成功者，同时要使自己成长为一个知识分子。

将"知识分子"这个概念俗化有伤人心。于是你看到了逍遥的骗子，昏愦的学人，卖了良心的艺术家。这些人有时并非厌恶劳动，却无一例外地极度害怕贫困。他们注重自己的仪表，却没有内在的严整性，最善于尾随时风。谁看到一个意外？谁找到一个稀罕？在势与利面前一个比一个更乖，像临近了末日。我宁可一生泡在汗尘中，也要远离它们。

我曾经是一个职业写作者，但我一生的最高期望是：成为一个作家。

人需要一个遥远的光点，像渺渺星斗。我走向它，节衣缩食，收心敛性。愿冥冥中的手为我开启智门。比起我的目标，我追赶的修行，我显得多么卑微。苍白无力，琐屑慵懒，经不住内省。就为了精神上的成长，让诚实和朴素、让那份好德行，永远也不要离我，让勇敢和正义变得愈加具体和清晰。那样，漫长的消磨和无声的侵蚀我也能够陪伴。

在我投入的原野上，在万千生灵之间，劳作使我沉静。我获得了这样的状态：对工作和发现的意义坚信不疑。我亲手书下的只是一片稚拙，可这份作业却与俗眼无缘。我的这些文字是为你、为他和她写成的，我爱你们。我恭呈了。

九

就因为那个瞬间的吸引，我出发了。我的希求简明而又模糊：寻找野地。我首先踏上故地，并在那里迈出了一步。我试图抚摸它的边缘，望穿雾幔；我舍弃所有奔向它，为了融入其间。跋涉、追赶、寻问——野地到底是什么？它在何方？野地是否也包括了我浑然苍茫的感觉世界？

我无法停止寻求……

1992 年 8 月 16 日

选自《上海文学》1993 年第 1 期

作家的话 ◇

在艺术家心中，没有比土地再神圣的了。土地滋生了万千生命，写满了思想，走动着灵魂。……人走向茫野会发现"大地"这个概念。不是排斥"城市文明"，而是它占有的土地面积太小。从比例上看，它耗费的人的激情本来就够多了，它即将使人枯竭。

……土地连接着人的生命的来路与去路。如果一个艺术家不能正视这一基本的、既凸显明朗又熟视无睹的问题，这一问题对他不能构成最大的刺激和挑战，那么这个艺术家就不会有深度，不会主要。

……人还应该有面对土地的"大感觉"；一个艺术家尤其不能丧失这样的感觉。"大感觉"确立了，"小感觉"才有深度。

《冬月访谈》

评论家的话 ◇

正是跟大地重新建立起根本性的联系，才能使自身不能"完整"的人间"完整"起来。而意识到人是大地的生物或器官，是大地之子，才能进而破除人类自我中心主义的迷障，放宽视野，看到大地的满堂子孙，再进而反省人类在整个宇宙结构中的恰当位置，反省人类对待自我之外的生命和事物的态度和方式。大地养育万物，而人类只是其中之一，丝毫也不意味着人类的渺小和微不足道，恰恰相反，对大地的亲情和尊重正引出对自我生命的亲情和尊重，同时也特别强调出对大地之上其他生命的亲情和尊重。

张新颖：《大地守夜人：张炜论》

杨争光
老旦是一棵树

　　杨争光，1957 年生于陕西乾县。高中毕业后务农四年，1982 年毕业于山东大学中文系。毕业后曾在天津市政协工作，1989 年调至西安电影制片厂任专业编剧。大学时代起发表作品，先诗歌后小说，再小说、影视剧本兼而为之。出版有小说集《黄尘》《老旦是一棵树》等。

一

　　老旦坐在屋檐下，眼睛像两枚深邃的黑药丸。他在看雨。雨织成细密的薄网，从昏黄色的天空一股一股飘下来，落在院子里。雨不大，但时不时会吹破那张网，吹出些冰凉的水沫，淋在他的脸上，精湿的瘦脸便泛出那种明滑的水光。如果是过去，他就不会这么专注地看雨了。他会立刻把他捂在被窝里，抱着他的女人，或者骑在她身上，制造出一长串欢乐。下雨的时候，男人精气旺，女人阴气盛，他说。他不止一次给双沟树的男人们传授过他的经验。下雨的时候你抱着女人，你会以为你是在水里哩，你会以为你抱的是一条鱼，光丢丢的，信不信由你，你们不信我信，他说。当然，这都是十五年以前的事了。盖上房屋的时候，一片崭新的瓦从房顶上滑落下来，掉在了老旦女人的头上。尖利的瓦楞和女人乌黑的头发一起砸进了头盖骨，她一声没吭，流了一摊污血，死了。他成了鳏夫。

　　"啐——"大旦也吐了一口。他一直盯着那口唾沫，看着它飞出去，再落下来，散开，被雨水淹没，然后，他扭过头，看着他爸。他和他爸吐在了同一个地方。这不是一件很容易的事情。他想看看他爸的反应。他爸侧着脸，他只能看见他爸的一只耳朵。他爸一动不动，严肃得像个将军。他感到自尊心受到了极大的伤害。他想让他爸说点什么。他一直想让他爸和他说点什么。

　　"我真想在犁铧上敲一下。"他突然说。

　　老旦好像没听见。大旦感到他的自尊心又遭到了一次伤害。

"当!"他真的敲了一下。犁铧发出一声短促的钝响。他爸被吓了一跳，头飞快地向他扭过来。这回，他到底看见了他爸的脸。他爸不说话，只是瞅着他。

"当!"又一声。

大旦迎着他爸的目光，一脸挑衅的神情。

"你能不能不敲?"老旦终于开口了。

"不能。"大旦说。

"要敲你提到街道上敲去，甭让我听见，我不想听。"老旦说。

"我敲我的犁铧，你看你的雨，井水不犯河水。"

"敲吧敲吧。"老旦说，"爱敲你敲。"

"敲就敲。"大旦说。他一下一下敲了起来，不紧也不慢，而且摆出一副要不断地敲下去的架势。他仰着头，偶尔朝他爸斜瞟一眼。

"当一当一当一当一"

老旦终于受不住了。

"你这是敲丧哩!"老旦说。

"不对，我敲犁铧哩!"大旦说。

"犁铧是让人敲的? 难道犁铧是锣? 你说。"

"狗是看门的，还是杀了吃肉的? 你说。"

"你敲得人心里瞀乱。"

"我不敲我心里瞀乱。"

"娶不到媳妇能怪我? 你和我较什么劲?"

"我没和你较劲，我敲犁铧。"

大旦感到他浑身的肉突然变热了。他站起身，把犁铧提在手里，用石头在上面飞快地砸了起来。犁铧立刻发出一阵急促的生铁声。

166

"当当当当……"

"你驴日的敲吧。"老旦也站起来,"看你能敲出个媳妇来。"他甩甩袖子,要走。

大旦急眼了,他想他敲犁铧就是给他爸听的,他爸一走,他一个人敲着一定很乏味。

"站住!"他朝他爸吼了一声。

老旦站住了。他看见大旦两眼发红,狼一样盯着他。

"我去白菜地。"老旦说,"你敲你的。"

老旦走了,再也没有回头。大旦看着他爸的背影,眼里像要渗出血来。他恨不能掐住他爸的脖子,把他扭回来。

"敲就敲——"他跳起来,撕扯着嗓子吼了一声。

生铁犁铧愤怒地响了起来。

老旦已走出村口了。他看见东边正在退云。他想雨一停,他的两亩白菜就会疯了一样往上长。他没想到他会碰上仇人赵镇,更想不到后来发生的一切,都与他和赵镇的那一次碰面有关。

二

他听见了一阵踩踏泥水的声音,然后就看见了赵镇。

天说晴就晴了。太阳像圆圆的红柿饼。远处是群山,近处是一片又一片秋庄稼。老旦像一只安静的老狗,看着他的两亩白菜,白菜长势很好,一棵挨着一棵,从湿软的泥土里拱出来,白生生一片,朝着高远的天空。阳光唤醒了它们在雨天里聚积的精力,不时发出

167

那种舒筋展骨的梆梆声。老旦爱听这种声音。他是个种白菜的老手。他从不多种，一年只种两亩。他总能让它们卖出好价钱。

啪叽啪叽，有人踩踏着泥水走过来。雨刚停，路上还有积水。

是赵镇。他走到老旦跟前了，身后还有一位外乡女子。他是个人贩子。每一次出远门，他都会领回来一个年轻女人。这次领回来的女子叫环环，她家在北山深处的一个旮旯里。赵镇在她的村子里住了几天，然后就进了她家的门。赵镇说你跟我走，我给你找个男人，让你过好日子。她就跟着赵镇来了。赵镇说我们那里有吃有喝，就是缺女人。她长得不漂亮，但年轻，不到二十岁的样子，脸上布满太阳长久烘烤过的那种颜色。出家门的时候，她把一块印花手帕塞进裤兜，有意让手帕的一个角从裤兜边上探出来，远看像一只鸟的花尾巴。她觉得这么好看。村上许多女人都这样，花尾巴在裤腿那里一颠一颠的。赵镇说路上有人问，你就说我是你姨夫。环环说姨夫咱走吧。他们走了两天两晚。走到一天一夜的时候下起了雨。环环说姨夫咱还走吗？赵镇说走。他们一路踩踏着泥水。湿泥粘在鞋底上，越粘越厚，他们不时地踢甩着。有时鞋和湿泥一起甩出去了，他们就喊叫一声，光着一只脚追过去。这样，他们的路程就会少一些单调。村上有许多女人叫我姨夫哩，赵镇偶尔也给环环说几句这样的话。

"白菜长得不错。"赵镇站在老旦的屁股后头，微笑着。

"走你的路，你管屎它长得错不错。"老旦说。

老旦从来也不掩饰他对赵镇的仇恨。"我看不惯他，我恨他。"老旦给人这么说。为什么？不为什么。难道世界上的每一件事情都要为个什么？……人为什么要吃？你说。肚子饿？肚子为什么要饿？

你能说清楚？说不清嘛。其实，他对赵镇的仇恨由来已久了。那是在他的女人被瓦楞砸死以后，他突然有些无所事事了。最难熬的是晚上，他躺在炕上胡思乱想。他突然想人一辈子应该有个仇人，不然活着还有个尿意思。他觉得这个想法很妙。他甚至有些激动，浑身的肉不停地发颤。以后的许多日子里，一躺在炕上，他就会想仇人，仇人，仇人，浑身的肉打着颤。他把双沟村的人一个一个从脑子里过了一遍，挑来挑去，便挑中了人贩子赵镇，就这么，赵镇成了他的仇人。他巴望赵镇能遇到些倒霉的事情，他甚至希望赵镇出远门的时候栽进车辘轳里，最好不要把他碾死，碾断一条腿就行，让他整天拖拉着走来走去。看着你的仇人拖拉着一条断腿在街上走来走去，你心里会是个什么滋味？可赵镇每一次都会好好地回到双沟村，他活得很滋润。赵镇遇到的事情都是好事情，而且，日子越过越富。每一次领回一个女人，他都会赚一笔钱。老旦怎么看也看不出赵镇会在哪一天倒运。老旦更恨他了。一个人没根没由地仇恨一个人，这听起来好像有些古怪。可老旦不觉得古怪。

"老旦，你能不能对我友好一点？"赵镇看着老旦的后脑勺，"这么多天没见，我好好问你话，你看你，让我走我的路。"

"我和你没说的。"老旦说。

老旦还想说几句恶毒的话，话还没出口，他听见了女人的声音。是环环。

"姨夫咱走。"环环说。

老旦扭过头来，用那两只药丸一样的眼睛把环环从头到脚审视了一遍，然后，把目光移在赵镇的脸上。

"你驴日的又领回来一个。"他说。

"她叫环环。"赵镇说。

"环环？这名字怪。"老旦说，不知为什么，他的语气缓和了许多。

"怎么样，给你家大旦？"赵镇说。

老旦的眼珠子直了。他没想到仇人赵镇的嘴里会吐出这么一句话来。他想起了大旦给他敲生铁犁铧的样子。他心里有些乱了。

"你驴日的奚落我。"他费了好大劲，终于说出了这么一句话。

"我不和你开玩笑。我不像你，把满世界的心都看成黑的。"赵镇说。

老旦从赵镇的脸上看不出真假。

"要不要？不要我就给别人说去了，村上的光棍一茬茬往上长哩。"赵镇说。

"姨夫咱走。"环环说。她有些不好意思。

"你再想想，就是这个人，你看过了，想要就去我家。"赵镇说。

啪叽啪叽啪叽，赵镇领着环环走了。

老旦怔怔地看着那两个人拐进了村子。他突然抡起拳头，在大腿上砸了一下。

"驴日的你，我为啥不要！"

他撒开腿朝村里跑，一路上摔了几跤，等跑回家的时候，已变成了泥人。他看见大旦靠着墙壁睡着了，生铁犁铧已被敲成了碎片，散乱在厅堂里。他没叫醒大旦。他踩着生铁碎片来回走了一阵，然后仰起脖子，朝着赵镇家的方向吼了一声：

"驴日的你，我为啥不要！"

大旦被他爸撕裂的嗓门吓醒了。他看见他爸一身泥水，满脸涨

170

红，脖子上直直竖着两条筋，吼叫声早顺墙传了过去，嘴唇还不停地抖动着。他以为他爸在骂他。

"我睡着了，我又没惹你。"他给他爸这么说。

老旦说做饭。大旦说做饭就做饭，没好吃的，热剩饭。老旦说剩饭就剩饭。他们吃了一顿剩饭，然后就睡了。老旦没告诉赵镇领环环的事，他感到这事没个准头。第二天，他被一阵干脆的爆竹声吵醒了。

三

赵镇回来的那天晚上。他婆娘一高兴，便提前生产了。她在炕上栽来滚去，失眉吊眼地喊叫了半夜，挣出了一堆羊水和一个白白胖胖的儿子。赵镇一辈子什么都不缺，就缺个继承香火的人。他想过各种办法，求神告奶奶，吃各种丸药汤药，闯过红，用过各种姿势，也有过一连十几天抱着婆娘不下炕的经历，结果都令他沮丧，婆娘的肚子怎么也鼓不起来。他恨不能从婆娘的肚子里掏出一块肉，捏成个儿子。有时候他会摸着婆娘的肚子，可怜兮兮地说，你给我生个儿子吧，我把你叫爷哩。有时候，他会咬牙切齿地在婆娘的大腿上抓一把，让婆娘发出几声猫一样的叫声。他说你甭叫唤，你给我生个儿子，我把你当我妈一样服侍。有时候，他会把婆娘折腾成一摊软泥，他说我就不相信我赵镇整不出一个儿子来。他奋斗了几十年，他终于整出来了。他险些晕了过去。他激动得像一只公鸡。他实在想不出表达他心情的好办法。便把头抵在衣柜腿上大哭了一

171

场。爷呀，我的爷呀！他哭着说。然后，他一蹦子跳到了院子里，大声野气地喊着：灌黄酒去！有人跑了出去。买炮！放几串炮！又有人跑了出去。磨面，磨五斗面，我要给全村的人喝一顿胡辣汤！第二天一大早，人贩子赵镇亲自给婆娘热了第一碗黄酒。三长串爆竹一齐爆响，把他五十岁得子的消息传遍了双沟村。当天下午，胡辣汤也做好了。双沟村男女老幼一百多口人挟着碗筷在赵镇家门口新支的铁锅前排起长队。爱吃不掏钱的饭是双沟村人的脾气。不掏钱的饭吃起来香，他们都有这种感受。何况，能吃他的粥，是抬举他哩。一会儿，满街道就响起了那种喝汤的吸溜声。赵镇换上了一身崭新的衣服，戴一顶瓜皮帽，不时走出门，一脸得意的神色，像上了油彩。他抱着手给喝汤的人摇着：你们喝，我婆娘身子虚，我得照看。然后，再朝那扇大门里走进去。

赵镇家的那只狮子狗把眼睛瞪得像豆角一样，朝满街喝粥的人吼着。有人说你看那狗，不悦意了。有人说吼你娘的腿，主人施粥，你鼓什么闲劲。

老旦和大旦一前一后领了一碗粥，圪蹴在一个土堆背后喝着。赵镇得子，老旦的心又疼了一次，但粥不得不喝，不喝白不喝，至少可以省去做一顿饭的麻烦。

"他得意成熊了！"老旦说。他已喝完了一碗，"你等着我，我再去舀一碗，我有话和你说。他驴日的应该蒸些馍头，胡辣汤泡馍头才好吃哩。"他说，他真的又舀了一碗。他感到他应该把那件事告诉大旦了。

"大旦，我把实话给你说了。赵镇又领回来一个女人。"他说。

大旦停止了吸溜，看着他爸。

"他问我想不想给你要过来。"老旦说。

"你咋说?"大旦的心提了起来。

"我咋不想要?可他是我的仇人。"老旦说,"受仇人的恩惠,咱先人在坟里会睡不安稳。"

"他又没得罪咱先人。"大旦说。

"他得罪我了!"老旦说。

"我想要。"大旦说,"你压根就不想给我娶媳妇。"

"胡说。"

"哼!"

"你让我再想想,这是和仇人做事哩。"老旦说。

"他给我个媳妇,我给他磕头哩。"大旦说,"这有什么好想的?爱想你想去!"

大旦端着碗走了。在街道的拐角处,大旦把那只空碗高高地举起来,又狠狠地摔下去,叭一声,碎了。

老旦眨蒙着眼,脖子直了半晌。

事情太重大了。几天工夫,老旦瘦了一圈。大旦无犁铧可敲,便靠着墙壁胡哼哼,哼累了,就把头埋在胳膊里睡觉。他说他不想做饭,他已做了十几年饭了,做够了,谁爱做谁做去。他说做饭是女人的事。老旦说我是你爸,我不许你这么和我说话。大旦说我是你儿,我不许你坏了我的前程。老旦说你看你那死猪样,我真想踢你一脚。大旦说死猪不怕烫,还怕踢?踢吧,嘟哩格嘟哩格嘟哩格嘟。

后来,老旦终于想通了。水从门前过,哪有不舀一勺之理?赵镇这几天高兴,说不定会少要几个钱哩。就这么,他想明白了。那天晚上,他迈着双沟村人很熟悉的那种步子,走到了赵镇家门口。

"哎!"他喊了一声,"把狗拴住!"

赵镇说,是老旦啊,进,进,这几天人来人往,狗拴着哩。老旦说不进了不进了,那天你在我家白菜地头说的话还算不算数?赵镇想了想说,咋不算数,算数。老旦说我没钱给你,我只种了两亩白菜。赵镇说就那两亩白菜吧。老旦一直背着手,不时地抖着。这会儿,他不抖了。他像不认识赵镇一样,上上下下瞅着赵镇的脸。他没想到赵镇高兴的时候还这么清醒。

"我以为你这几天心里高兴,会少给我要几个哩。"老旦说。

"看你说的,我指这活哩。"赵镇说。

"我的白菜不白种了?"老旦说。

"你换了个大姑娘。"赵镇说。

"噢,噢,白菜就白菜吧。过两天我接人。"老旦说。

"我婆娘坐月子,我想让环环照看两天。"赵镇说。

"一个萝卜让你八头栽呀?"老旦说。

"接人也成。环环白天来我家照看坐月婆,晚上回你家睡觉,成不?"赵镇说。

"一接过去,就是我家的人,你得付点工钱吧?"老旦说。

"我少要些白菜,成吧?再不成就算屎了。"赵镇说。

"就按你说的办。驴日的你。"老旦说。

事情办成了,但老旦的肚子里好像吃了一只苍蝇,横竖不舒服,第二天一早有人看见他背着手到村长家走了一趟。

四

村长马林正在给他家的鸡修盖一座房屋。他不抬眼，一听声音就知道是老旦。他听见老旦站在他的背后了。他掂量着一根木棍，想把它塞进墙上的窟窿眼里。他已塞了一排，满有信心地等待着木棍，马林塞了一根，又塞了一根，塞得一丝不苟。他想老旦很快就会给他说点什么。他想错了。老旦伸着脖子，眼珠子盯着墙上剩余的那几个窟窿，好像要等马林塞完以后才开口。马林有些诧异，然后就有些激愤：你驴熊爱等就等着，我塞完木棍还要上草箔子，上完草箔子还要上泥，还要上瓦，你个驴熊。

老旦似乎很有耐心，脖子一直伸着。

他们开始了一场漫长的等待，后来，马林有些忍不住了。

"你驴熊没见过盖鸡窝得是？"马林说。

"没见过，"老旦说，"实话说我长这么大还没见过。"他说得很诚恳，他好像定了心要跟马林学一门盖鸡窝的手艺，"我长这么大还没见过像你这么盖鸡窝的。"

"那你就瞪圆眼珠子看吧。"马林说。

"我看这做什么？我没事干看你盖鸡窝？"老旦说，"我死了女人就不养鸡了，你不知道？我家要是有女人我他妈的就盖鸡窝。可我不会有女人了。"他说。

"大旦总要娶女人的。"马林说。

"当然，那是一定的。他娶女人他盖鸡窝去。"老旦说。

175

"你个驴熊哎!"

马林把最后一根木棍塞进了最后一个窟窿里,然后拍拍手,转过身来,看着老旦的鼻子,"你找我有什么事?"他说。

"赵镇又领回来一个女人。"老旦说。

"就这事?"马林从地上端起一把泥壶,喝了一口茶水。

"你是村长,你得管管这事。"老旦说。

"我只管收粮交税。"马林说。

"赵镇是人贩子!"老旦说。

"我知道他是人贩子。可管了赵镇,咱村上的光棍怎么办?他只贩女人,赵镇好就好在他只贩女人。"马林说,他又吸了一口茶水。

"好事都让赵镇占了。他贩女人发了财,还得了个儿了。"老旦说。

"那你得问赵镇的婆娘去。她要生,谁也没办法。赵镇就不该有个种?"马林说,"这又不是墙上的窟窿,用木棍可以塞住。她要生嘛!"

"我就想让他没种。"老旦说,"好事都是他的,一个萝卜八头栽。"

"有时候,一个萝卜就让一个人八头栽了。"马林说。

"这么说你下决心不管赵镇了?"老旦说。

"噢么。"马林说,"你能管你管去,我不管。"

"你不管你不管,这次领回来的女人要给大旦,我又不吃亏。"老旦说。

"你个驴熊!"马林说,"人家给你领女人,你还告人家的状,你个驴熊。"

老旦对马林笑了两下。他觉得这事确实有些好笑。

"嗬。嗬嗬。过两天我就给大旦成亲，到时候你来喝白菜汤，一定。你忙，我走呀。"

老旦背着手，马林看见老旦的手指头在后腰背上得意地动弹着。

两天以后，环环和大旦见了一面。又过了两天，环环和大旦便成了大礼，成了老旦的儿子大旦的女人。按照约定，环环白天在赵镇家照顾坐月婆，晚上回老旦家睡觉。先一天，老旦从白菜地里挖了五十棵白菜。这也是事先的约定。老旦把那五十棵白菜做成汤，给村上的几家头面人物喝了一次。挖白菜的那天，老旦心里很难过，一句话，两亩白菜就成了赵镇的，他想不通。他流着泪给大旦说，这是咱父子两个一年的血汗，大旦说噢么。老旦说你噢屎哩，白菜很容易就成了赵镇的你还噢么。大旦说那你让我说什么？老旦说你走吧你先走，我在这里坐坐，我知道你现在想的不是白菜。大旦背着白菜背篓走了。大旦心想他爸说得对，他这会儿满脑子都是环环的身子和大腿。

风一会儿就吹干了老旦的眼眶，他在白菜地里坐了半晌，太阳早已落山，地里的湿气上来了，毛毛虫一样在他的屁股上爬来爬去。他想他不能再坐了，再坐下去湿气就会钻进他的肠子里。他希望他的两亩白菜明天就烂在地里，烂成一堆又一堆臭泥，发出粪尿一样的气味。他这么一想，便有了一些激动。他走到白菜地中间，掰开几片叶子，把手伸进去，抓住脆嫩的菜心在里边胡揉乱捏了一阵，然后再把叶子盖好。他一连揉捏了十几棵。

"你们烂了吧，看在我老旦的老脸上，烂了吧。"他对满地的白菜说。

他站在白菜们中间，像一只孤独的老狼。他的手指头上沾满了白菜的汁液。

五

喝白菜汤的人一走，院子里就空空荡荡了。几十个白瓷碗像从地里长出来的一样，圆圆的，朝天张着，每一个碗上都整齐地担着一双木筷子。刚才还稀里呼噜一片吃声，突然就剩下了几十个空碗。老旦愣愣地看着那些空碗，半晌没说一句话。他感到他家的院子像散场后的戏台。大旦的感受和他爸完全不同。他觉得那些空碗都是过时的东西，有一样更新鲜更实在的事情正等着他去做，戏还没开场哩。他说环环，咱回屋去，咱爸就这么爱想事情，让他想吧，咱进屋。环环正要转身，老旦却开口了。

"你们回屋，这些空碗咋办？让我收拾？"

"我看你看它们哩。"大旦说。

"我看空碗？空碗有什么可看的？你错了！"老旦说。

环环什么也没说，挽起袖子，开始收拾那些粗瓷大碗。大旦愣了一会儿，也跟着一块收拾。粗瓷大碗的碰撞声立刻使老旦的家里有了活人气息。老旦没动，他看着他们收拾。他感到环环还算懂规矩。收拾完了，天也黑了，大旦和环环站在他爸老旦跟前，看他爸还有什么吩咐。

"有二十八个碗是借人家的。让我去还？"老旦说。

"明天还。"大旦说，"我还。"

"这就对了。"老旦说。

"环环你先回屋,我和大旦有话说。"

环环回屋了。大旦直挺挺站着。老旦好长时间没开口。

"说么。"大旦说。

"本来要说些话,很重要,不知怎么又忘了。你先去,想起来我叫你。"老旦说。

大旦真想扇他爸一个耳光。

"去,回屋去。"老旦说。

大旦进屋的时候,环环已钻进被窝。被子一直拥到下巴颏跟前,眼睛乌溜溜地看着大旦。大旦感到他身上的骨头突然软了。他想他不能软,一软就什么事也干不成了。这么一想,他感到他的骨头又硬了起来。他插上门,转过身来,迎着环环的目光看了一会儿。

"上来呀。"他好像听见了环环这么说了一声。其实环环什么也没说,环环只是眨了一下眼。环环的眼睫毛很长。

他走到炕前,把两只脚从鞋窝里退了出来。他的眼睛始终没离开环环的脸。可事后,他一点也想不起环环当时的脸是个什么样子。

一只带着土腥味的大脚伸到了环环的耳朵跟前。环环闭上眼睛,她听见一只同样大的脚跨过她的脸,落在了她的另一个耳朵跟前。然后,就听见布单子下边的炕席发出一阵不堪重负的咯噜声。咯噜噜,咯噜。

"把灯吹了。"她说。环环的声音很轻。

后来,环环感到了一阵钻心的疼痛。她突然从炕上弹起来,跳下去,把着肚子蹴在地上。大旦被弹到了炕墙根下。两只眼睛恐慌地看着她,嘴唇抖动着。

"环环，你怎么啦，我怎么你了?"大旦说。他不知道他该不该下去扶她，把她抱上炕来。

环环摇摇头，呻吟了两声。

"我抱你上来。"大旦说。

环环又摇摇头，从地上站起来，钻进了被窝。大旦一动也不动。

"你来。"环环说。

大旦还是不动。他怕环环哄他。

咯儿咯儿，环环笑了两声。"来呀。"环环说。

大旦放心了。他想他这次得小心一些，不能让环环再把他从她的身子上弹下来。可一挨着环环身子，他就不由自己了。

"环环!"他叫着，"环环!"

大旦感到身子底下的这个女人变成了他身上的一块肉。他和她太亲了。他想给她说尽天下的好话，可他一句也想不出来，只一声一声地叫着，"环环，哦，环环。"他想把他化成水，渗到女人的身子里边去。他像在做一件可心而又费力的事，猴急又没办法。突然，他不动了。他的心里正拱动着一种悲酸的潮水。他把脸慢慢贴上环环的肚子。他趴在环环身上哭了起来，泪如泉涌。环环吓了一跳。

"环环，"他哭着说，"你让我没一点办法。"他说，"你比我妈还亲!"

环环又感动又有些怜惜他。她用手指头在大旦多肉的脊背上摩挲着。她没有说话。第二天一早，环环按本地人的规矩，给她阿公爸老旦请了个安，倒了老旦的尿盆，又给老旦点了一锅旱烟。然后给老旦说:

"爸，我到姨夫家去呀!"

"姨夫？哪儿蹦出个姨夫？"老旦说。

"赵镇让我叫他姨夫。"环环说。

"噢，噢。"老旦说，"以后甭提赵镇，他和我有仇哩。"

环环觉得阿公爸有些好笑，便咯儿咯儿笑了两声。她笑的时候，总是发出那种咯儿咯儿的声音。

"我不骗你，你甭笑。"老旦说。老旦也笑了两声。

那时候，老旦的心情还好，但一会儿就由晴转阴了。环环出门的时候，他看见了环环裤兜里露出来的那一截手帕。他突然感到这女人身上有一股妖气。到吃饭的时候，他的心情就更坏了。

"娶个女人，还要自己做饭，这算什么世界！"他说。

"环环说，赵镇婆娘一满月，她就回来。"大旦说。

"满月，满月，我一天也不想让她去。"老旦说。

"你事先和人家说好的你怪谁。"大旦说。

"你听着，你的媳妇可是用两亩白菜换来的。"老旦说，"裤兜吊着一截花尾巴，惹谁哩？"他说。他看见大旦没有吭声，有些急了，"你怎么不说话？"

"我说什么？我没什么说的。"大旦说。"你当然没说的，你娶了女人当然就没说的了。打到的媳妇揉到的面，我告诉你，你要治住她。"

"做什么治她？怎么治？你说的我不懂。"大旦说。老旦想了一阵，也实在想不出一个非常新鲜的办法。他使劲咽了一口唾液，说：

"反正你得治住她。"

"白菜是赵镇给你要的。"大旦说。

"对，是赵镇，这我知道。我迟早要整倒他。我早就想整倒他了。我不会放过他的。"老旦说。

他没想到机会来得那么快。

事情出在环环身上。

六

当人贩子赵镇和老旦的儿媳妇环环通奸的消息在双沟村的巷子里门背后茅墙前饭桌上传得沸沸扬扬，老旦像判官一样审问环环的时候，连环环自己也说不清是赵镇勾引了她，还是她自己送上了赵镇的门。

她每天都去赵镇家，给赵镇的婆娘端饭送水，洗尿褯子。她不但熟悉了赵镇家的住屋院子厨房和盛油盐酱醋的坛坛罐罐，也熟悉了赵镇家的各种气味。她常常和赵镇婆娘拥在一个被窝里，说一些女人爱说的话题。赵镇的婆娘是个胖女人，生孩子以后又胖了许多，浑身散发着一种逼人的奶味。她奶水很多，肥大的奶子从衣襟里挤出来，嘟噜噜吊着。小孩吃不了，她就把奶水挤在碗里。环环不知道把这些奶水怎么办。赵镇婆娘说，你放着，让你姨夫晚上吃。大人吃小孩的奶，这让环环感到新奇。奶水养人哩，赵镇婆娘说。环环想不出赵镇喝奶水的样子。一个满脸茬茬胡子的男人和小孩一起吃他婆娘的奶，一定很怪吧？

那天，环环一进屋，就看见赵镇婆娘用一种怪异的目光看她。环环立刻想到了大旦和她在炕上的情景。其实，她一路上都想着昨夜的事。大旦的样子让她怎么也忘不了。赵镇婆娘怪异目光看得她心跳。她觉得赵镇婆娘好像看见了她和大旦的作态，脸立刻红了。孩子尿了一泡。她把花布裤子提出去，搭在门口的竹竿上。进去的时候，赵镇的婆娘还在看她。她说姨你甭这么看我你看得我心里像兔子一样跳。赵镇婆娘仰起脖子笑出一串声音。环环上炕，挨着赵镇婆娘坐下。赵镇婆娘还在笑。环环把头偎在赵镇婆娘的胳膊里，说，你笑，看你能笑破天。赵镇婆娘说不笑了不笑了，一笑奶疼。环环取过柜盖上的碗，说，挤，挤出来让姨夫吃。赵镇的婆娘一下一下捋着奶子、奶水像水枪一样有力地打在碗上，一会儿，就挤出来半碗。环环听着奶水的声音，又想起了大旦的样子。她想大旦的样子很好玩。赵镇婆娘把两个奶子塞进衣襟里，说，松快多了。环环没说话。每一次挤完奶水，赵镇婆娘都要这么说一句：松快多了。黏糊糊的奶味在屋子里弥漫着。赵镇婆娘拉拉被子，和环环并排靠墙坐好。

"我是过来人呢。"赵镇婆娘说。

这会儿，环环的心不跳了，脸也不红了。她甚至想问赵镇婆娘一点什么，一时不知该怎么开口。她一直把被头拉到脖子跟前，用牙齿咬着。

"好么？"赵镇婆娘看着环环的脸。

"什么好么？"环环装作不懂。

"大旦和你，好么？"赵镇婆娘说。

"他猴急。"环环一说，脸又热了。

赵镇婆娘又仰着脖子笑了。环环在赵镇婆娘的胳膊上打了一下。

"看你，人家给你说了，你又笑。"环环说。"不笑了不笑了，我和你说正经的。"赵镇婆娘说，"你说。"

"我给你说过了。"环环说。

"就一句？就那么一句？"赵镇婆娘说。

环环眨蒙着眼，好像在想什么。

"后来，"环环说，"他趴在我身上哭了。"

怪。这可是有些怪。赵镇婆娘也眨蒙着眼。"我吓了一跳。后来，我就可怜他。"环环说，他的样子真让人可怜。

"唔，"赵镇婆娘说，"唔。"

"男人和女人都这样？"环环说。

"都这样。"赵镇婆娘说。

"都猴急？"

"开始都猴急，后来就不了。"赵镇婆娘说。

"你和姨夫呢？"

"你姨夫？他可是个好把式哩。"赵镇婆娘说，很得意的口气。

"我们那里把做农活的能人叫好把式。"环环说。

"男人和女人的事也一样。"

"我不信。"

"以后你就信了。"

"我不信。"

"这号事你姨夫给你说不成，要是能说，就让他给你说说。"

"姨你看你，又胡说了。"环环说。

没有人打扰她们，她们谈得很热和。赵镇婆娘要是知道她的话会在环环的心里产生什么影响，她就不会这么和环环说了。她怎么能知道环环的心思呢？人心都是肉长的，可人心不是同一块肉。

环环对人贩子赵镇产生了一种新的感觉。同样是那个人，但感

184

觉不一样了。赵镇的身上有一种说不清道不明的东西吸引着她。她觉得人太有意思了。当她一个人在偏院里洗刷尿褛子的时候，她就会想起赵镇。也会想起大旦。大旦好像有使不完的劲，泄不完的精力。大旦总是猴急，然后就趴在她身上哭。大旦说我一辈子都会对你好我都不知道该怎么对你好了我没办法。大旦总这么说。赵镇和他婆娘在一起会是个什么样子呢？她把四个人想在一起了，一会儿是她和大旦，一会儿是赵镇和他婆娘。偏院是养牲口和堆柴火的地方，那里很安静，环环一个人想着她感兴趣的事情。后来，就发生了她和赵镇通奸的事。

那天，环环又要去偏院洗尿褛子，赵镇婆娘说你看我这身衣服，像在奶缸里泡过一样，臊得难闻。环环说你脱下来我一块洗。赵镇正要出门，赵镇婆娘说把你的也脱下来让环环洗。赵镇说是该洗了，便脱下衣服。又说我帮环环抱过去，给她提几桶水，然后我去玉米地里转转，过些天该收秋了。赵镇没去玉米地，他给环环提了一桶水，倒在木盆里，然后又提了一桶，然后就蹲在环环跟前看环环洗衣服。水很凉，环环的手在水里浸得红红的。赵镇在跟前蹲着。环环的心里有些乱，呼吸有些急促。赵镇看了一会儿，朝偏门走去。环环长出了一口气，又突然憋住了。她看见赵镇没出门，而是把门插上了。赵镇向她走回来。赵镇脸上的茌茌胡子排成一种笑的样子。赵镇把环环的手从水盆里拉出来，握在了他肥厚的手里。

"你和你姨说什么了？"赵镇问环环。

环环低下头。她的手在赵镇的手里一点点发热。

"你姨全给我说了。"赵镇说。

赵镇把环环抱起来，进了柴房，环环感到自己的身子很轻，像棉花一样。在软软的柴堆里，赵镇用一个大男人的温柔款待了环环。赵镇不用蛮力。他知道怎么做能让环环觉得他好。他说他和许多女人睡过，她们都叫他姨夫。

"都是你领来的女人？"

"都是。"赵镇说。

"我姨愿意？"

"傻蛋蛋，你姨怎么会愿意？"赵镇说。

环环不吭声了，一根一根摘着头发上的柴草。能听见他们出气的声音。院子里的阳光很鲜亮。

"孩子一满月，我就回大旦家。"环环说。

"不急，你多待些日子。我找老旦去说，他会愿意的。"赵镇说。

赵镇真找了一次老旦。他说他想让环环再帮一段时间工。老旦说你想得又美又臭，不成。赵镇说我不要你的两亩白菜了。老旦用药丸一样的眼睛审视了半晌，确信赵镇没耍鬼招，便答应了。

"这还说得过去。"老旦说。

赵镇一走，老旦立刻去了一趟白菜地。他好长时间不去那里了，他没想到它又会回到他的手里，而且很容易，太容易了。他背着手，站在地边上，心直往嗓子眼里跳。世界真奇妙，驴日的这世界！他突然想起了他揉捏过的那十几棵白菜。他跑进白菜地中间，掰开叶子，一股臭气呛进了他的鼻子。它们果然烂了。

"驴日的这世界。"他说。

他很后悔，但他立刻就把这笔账记在了赵镇身上。他想他总有一天要整倒赵镇。这么一想，心里就舒服了一些。后来，白菜卖了好价钱，他就舒服了许多。

他是在卖完白菜以后听到环环和赵镇通奸的消息的。那时候，环环帮工期满，已从赵镇家回来了。

"哈！"他叫了一声，他有些不信，"哈！"他又叫了一声。他信了。

"哈哈！"他叫了两声，两腮喷红，"驴日的，这世界！"他说。等了许多年，终于等来了机会，他不能让机会滑过去。他要让双沟村的人看着他怎么和仇人闹事情。他想他得一步一步来。他想应该先和大旦说说。

七

那天傍晚，环环像往常一样，依次点着了两个土炕里的柴火，用扇子猛扇了一阵，浑黄的浓烟立刻弥漫了整个屋子。老旦和大旦像老鼠一样从门洞里跳出来，站在院子里喘气，看着浓烟从烟囱里一嘟噜一嘟噜往外冒。天有些阴，烟不往上走，游蛇一样在地上爬动着。一会儿，环环提着扇子，也从门洞里跳出来，和老旦大旦一起等着烟雾消退。他们互相看着咳嗽了一阵。烟雾弥漫了院子，屋里的烟就少了，他们便走进去，点灯，然后吹灯，然后睡觉。

老旦没点灯。他想一个人躺在黑暗里。他要再想一想他和赵镇的事情。按老旦过去的脾气，他一时也憋不住，立刻会揪住环环问个明白。但这一次的事情太不平常，他必须好好想一想。他恨赵镇，恨了好多年，可一直不具体，这回具体了，他想事情一具体就好办了。一想到这个，心就不停地敲打他胸膛上的那块骨头，发出一阵快活的响声。他感到浑身的血像跑马一样在血管里乱窜。他翻过身想了一阵，翻过身又想了一阵，然后平躺着继续想。夜深人静，能听见大旦和环环在另一间屋里的响动。这种响动惊扰了他许多夜晚，他已很熟悉了。他知道他们在干什么。那种响动在他的心里引起过许多感受，可一句也不能说，也说不出口。大旦是他的儿子，环环是儿媳妇，他怎么说？所以，也仅仅只是感受。就连这感受也是一种罪过，最好没有感受，最好不听他们的响动。可偏偏在晚上，什么声音都会传得很远、很清楚。它要往我的耳朵里钻嘛，我总不能塞着耳朵睡觉，我总不能说睡就睡得人事不省。他总这么安慰自己。有时候他真想让大旦做点什么事情，可三更半夜能有什么事情可做？他想不出来，也就只能忍着，一直到那种响动渗进深深的夜里，他才能安稳地睡过去。现在，那种响动又从老地方传了过来，一切照旧。他甚至能听出哪一声是大旦弄出来的，哪一声是环环。但现在，老旦已有充分的理由让他们终止那种响动。他想他决不是和儿子过不去，他决不愿打扰他们。可事情总不能不说，这么大的事情，大旦还蒙在鼓里哩。他一边想着，一边从炕上摸下来，走出屋门。

大旦屋的门窗都关闭着，像一大一小一长一方两个黑框。响动声就是从那两个黑框的缝隙之间流露出来的。

我实在不想惊扰他们，他想。

我不能这么站在屋外听，他想。

然后，他叫了一声：大旦！

响动声突然消失了。老旦立刻想到了两只受了惊吓的兔子。他想他们一定张着眼睛，听着屋外的动静。他咳嗽了两声。"是我，大旦。"他说，"你到我屋里来，我有事和你说。"

"明天说不成？"大旦的声音很虚。

"不成。"老旦说。

等听见了大旦穿衣服的声音，他才转回屋，点上油灯。大旦裹着一件棉袄，光着腿来了，一进门就往热被窝里塞，两只手压在屁股底下。

"还是热被窝好，冷死人了。有事你快说。"大旦说。他不信地抖着腿，时刻准备回自己的屋里去。环环还在等着他。

"我快说不了。"老旦说。

"快说不了就慢说，总不会说到大天亮。"大旦说。

"说，你说，我听着哩。"大旦说。

"你听个屎。你媳妇和赵镇睡觉哩！"老旦说。

大旦身子一挺，脖子直了。一会儿，又软了，头真的成了一块生姜疙瘩，吊在胸膛上。

"你不知道这事吧？"老旦说。

"我知道。"大旦说。

老旦没想到大旦会说出这么一句，脖子也突然直了。不过，他没像大旦那样软下去。他一直梗着，朝大旦扑闪着眼睛。大旦知道他爸在瞪他。他没抬头。

"你知道？你说你知道？你知道咋不告诉我？你为什么不去问她？你个驴日下的，你看你个驴日下的，你没问她？"老旦说。

"哈！"老旦说。

"环环对我不坏。"大旦说。

"你媳妇和我仇人睡觉，你说她对你不坏。哈！"老旦说。

"环环不去赵镇家就行了。"大旦说。

"一碗水泼出去了，地湿了！"老旦说。

"太阳一晒就会干。"大旦说。

老旦的眼睛不闪了。他一时想不出合适的话来。

"我不想这事，不想就等于没有。"大旦说。

老旦还没有想出合适的话。

"就这事？说完了没？我走呀。"大旦说。

"你个驴日下的。"老旦说，"你不问我问。"

"你问去。"大旦说。

大旦把两条光腿从被窝里抽出来，两只光脚很熟练地塞进鞋里，走了。

"我当然要问！"老旦冲门外喊着，"我为什么不问！"

第二天吃完早饭，环环要收拾碗筷，老旦拦住了她。

"我有事问你。"老旦说。

大旦朝地上吐了一口，拂袖而去。老旦没理他。环环把身体的重心放在一条腿上，另一条腿伸出去，一只手的大拇指勾在裤兜边上，另一只手托着下巴颏，等老旦问话。

"赵镇勾引你了？"老旦一点弯子也不拐。

"我不知道。"环环说。

"你勾引他了？难道是你勾引他了？"老旦说。

"我不知道。"环环说得很诚恳。

"你把你的那截鸟尾巴塞进裤兜里去。"老旦说。

环环看看裤兜边露出的一角手帕，没动。

"塞进去。"老旦说。

环环很不情愿地把它塞进去。她看了老旦一眼，然后把头转向一边。

"就是你勾引他，你也不能这么说。是他勾引你！"老旦说，"我要让双沟村的人都知道这件事。"

"你不想让我活人，我就死。"环环说。

"这我不管，我这就去找村长马林，到时候你和他们说。"

"我是你家的媳妇，你不嫌丢人？"环环说。

"丢人？对，丢人。就因为丢人，我才要让人都知道这事，舍不了娃就打不住狼，这话你没听说过？"

八

马林家的屋檐头树杈上挂满了玉米棒子。玉米颗粒饱满，像一排排金黄的牙齿。冬天地里没活儿，鸡窝早已盖好，无事可干的时候，马林就把手抄在袖筒里，在院子里走来走去，仰头看那些玉米棒子。老旦从门外走进来，叫了一声村长。马林的眼睛还在那些金黄的玉米上。几只麻雀飞来飞去，急得喳喳叫，尾巴一翘一翘。它们嘴太小了，一粒玉米也啄不走。

"你看我这些玉米，越来越让人爱。"马林说。

"我没心思，我家有的是。"老旦说，"我儿媳妇让赵镇睡了。"

马林想笑，可马林做出的是一副惊异的表情。

"是么？"马林说。

"你甭装洋蒜，你早知道了。"老旦说。

"你看，我还真不知道这事。"马林说。

191

"这回你可得管。"老旦说。

"捉奸捉双，听来的话难辨真假，我怎么管？"马林说，"清官难断家务事。"

"你把村上理事的人叫齐，晚上去我家。"老旦说。

"环环愿意说？这号事她愿意说？"

"你是村长，她敢不说？"老旦说，"问什么她说什么。"

还有什么事能比调查一桩男女奸情更激动人心呢？没有。村长马林很快就找齐了几位理事的人，在晚饭之后来到了老旦家。上房厅里摆着一排小板凳，他们挨个儿坐上去，表情严肃。老旦说倒水。环环便给他们每人倒了一碗水。大旦想出门，马林说你不要走，听听没什么坏处。大旦蹲在墙角，把头埋在两个膝盖之间，像睡着了一样。马林说我看就让环环你找个地方坐下说。环环说我不坐，我就站着，站着一样说。马林说那就站着说吧，老旦你坐下。老旦说我蹲着，我喜欢蹲。老旦把头扭向环环说，问你什么你说什么。环环说，噢。

他们问得很仔细。他们说环环不是我们爱管闲事，是你爸老旦让我们管，好事坏事都是双沟村的事，就是管不了听听也好。老旦说就是就是，我就是让你们听听，听听就清楚了。马林说我们知道这号事说起来有些夯口的，说到底不是个光彩事。环环说没什么夯口的，问这号事的人比做这号事的还不要脸。马林他们怔了一下。马林说环环你这不是在骂我们吧？环环说我没骂。马林说骂也好没骂也好我们不和你计较，你比我们年轻，懂事太少，你们说是吧？其他人说就是就是。老旦说咱甭说废话，你们接着往下问。马林他们便接着往下问。环环开始讲那天洗衣服和尿褯子的事了。

"姨夫给我提了两桶水，水很凉，直往人的骨头里凉。我以为姨夫要出门，可他没有，他把偏门插上了。我的心咚咚地跳。"

"后来呢？后来？"

"后来，他走到我跟前，看我洗衣服。"

"那时候你心里咋想的？"

"我没咋想，我洗衣服，水很凉。"环环说。

"再说，往下说。"

"姨夫说你看你的手，红了。我说水太凉，姨夫就拉住了我的手。"

"你甭再姨夫姨夫的。"老旦说。

"甭打断她，让她讲。一打断就会讲乱。"马林说。

"他把我抱进了柴房。"环环说。

马林他们大张着眼睛和嘴，等环环讲下边发生的事。可环环不说了。

"说么。"马林说。

"后来，就发生了那事。"环环说。

"太轻巧了，说得太轻巧了。"马林说，"我听不出是谁勾引了谁，你们说是不是？"

"就是。"其他人说。

"他总要先做些什么事吧？比如衣服，你的衣服，他总要，你看这话真难出口，他总要先解你的衣服吧？"马林说，"你的衣服是他解的吧？"

环环点点头。环环的眼里涌满了泪水。

老旦站了起来。

"怎么样，是赵镇勾引人吧？事情太明白了。环环，你接着说。"

老旦很激动。

"他解了两个纽扣，剩下的是我解的。"环环说。

泪水突然夺眶而出。环环受不住那种熬煎了。

"你们太不要脸了，你们想听，我就都给你们说了。他脱了我的裤子。他弄了我。我愿意他弄我。这回你们满意了吧？呜哇——"环环放声大哭。她扭身跑进了屋子，咣一声关上门。

大旦像遭了蜂蜇，一蹦子跳起来，追了过去，摇着门扇。

"环环，你开门，环环。"大旦叫着。

谁也没想到环环会这样。他们感到有些尴尬，互相瞅着。他们正听得上心。他们咀嚼着环环的每一句话。环环的话使他们产生了许多联想，他们进入了角色。他们甚至感到和环环干那件事情的不是赵镇，而是他们自己。他们大张着眼窝，看着环环的脸，眼珠子一动不动……他们听得紧张而舒坦。他们谁也没想到环环会哭。他们一时不知道该怎么收场了。

"老旦，你看这事。"马林说。

"一口气好忍。"有人说了一句。

"说的是，一口气好忍。"马林觉得这话说得太是时候了。他站起来，在老旦肩膀上拍了几下，"什么气都是人忍的，你说是吧？那你就忍了吧。多一事不如少一事。"

其他人都从小板凳上站起来，超然而亲切地看着老旦。

"忍了吧。"他们说。

"老旦你在，我们走了。"马林说。

他们排成一队，从大门里走了出去。他们已忘记了尴尬，剩下的只是满足。以后的许多日子里，他们时不时会想起环环给他们讲述的一切。他们会禁不住笑几声。"驴日的赵镇。"他们还会这么骂一句,不带一点恶意。

走出大门,他们听见老旦带着哭腔喊了一声:我怎么能忍?驴日的你们。有人说村长你听,老旦骂我们哩。马林说噢么,让他骂去。他们分别隐进各自的家门,黑暗中响起一阵插门的声音。

九

村长马林他们不阴不阳的态度不但没使老旦气馁,反而激发了他久积在心底的一股热情。他好像突然年轻了二十岁。他感到他的头发和二十根指头都散发着精力。第二天一大早,他便开始了一项更为艰苦的努力。他挨家挨户向双沟村的人讲述人贩子赵镇勾引环环的经过。几乎每一户人家都怀着浓厚的兴趣听他讲述。他们对老旦给予了绝对的同情和关切。他们给他让座倒水,让他边喝边说。老旦从来没享受过这么高的待遇。他抱着开水碗,长长地吸一口滚烫的水,然后张开嘴,哈出一口气。

"他驴日的早就谋划好了。"他总是这么开头,"他让环环洗衣服,环环当然得洗,可他驴日的把门插上了。他捏环环的手,你想环环怎么能抵挡得住?他把环环抱到柴房里,柴房是什么地方?柴房和猪圈能差多少?"他说。

"抱到柴房不见得就能弄成事。"有人说。

"咋没弄成?没弄成我老旦就不给你说了。"老旦说,"难怪他驴日的要多留环环一些日子。他找我说的时候装得像个人一样，我想让环环再帮几天工，他这么说。"

"赵镇不是白送了你两亩白菜么？"有人说。

"是啊是啊，可那也叫白送？"老旦说。

每到饭时，老旦便准时回家，吃完饭，又换一户人家，开始另一轮讲述。十几天以后，双沟村的每一个人都能讲述环环和赵镇的故事了，新奇的感受逐渐消失，再听老旦的话，就像涮锅水一样乏味了。

"老旦，你能不能说点新鲜的？"有人说。

老旦怔了一下，眼睛扑闪了半晌。

"你这是什么意思？"他说。

"话说三遍比屎还臭。"他们说。

"我说过三遍了？难道我给你说过三遍了？"老旦说。他感到他们太不近情理。

"你说过十八遍了。"他们说。

老旦这才发现他们没给他让座，也没倒水。他受到了沉重的打击。他悻悻然走回家，在炕上躺了整整一个上午。他突然有了一种白日做梦的感觉。他感到他这十几天到处给人讲述的故事离他很遥远，也许根本就没发生过。饭做好了，环环站在屋外叫他吃饭。环环总是按时把饭做好。环环不恼也不怒，做饭，扫院，抱柴火烧炕，老旦所做的一切好像与她无关。

"爸，饭好了，吃饭。"环环说。

吃饭的时候，老旦把环环从头到脚审视了一遍，他从环环身上看不出一点迹象证明她和人贩子赵镇有过奸情。他有些慌乱了。他想他也许真是做梦。吃完饭，他急匆匆走进屋，关上屋门，在自己的脸上掐了一下，又扇了一下。他放心了。"我怎么会做梦？做梦扇脸就不会疼。"他说。他感到身上的血又像马一样奔跑起来了。

他很快就发现双沟村人的兴趣已转移到了老鼠身上。那些天，双沟村家家户户都发现了老鼠，它们不分昼夜地啃啮挂在屋檐头树杈上的玉米棒子。马林召集全村开了一次会，一场逮老鼠的运动很快在双沟村开展起来。他们逮住老鼠后，并不把它们弄死，而是用绳子拴住一条后腿，把它们赶到大街上展览。每天都有人逮住一只或两只老鼠。有时候，街道上会出现一排人，牵着十几只老鼠让大家观赏。老鼠们在太阳底下悠闲地跑来跑去。太阳光使老鼠们的眼睛显得贼亮。人们兴致勃勃地品评着老鼠的大小，尾巴的长短。然后，他们就提出来几把铁锹，追赶着把它们一个一个铲死，或者拍死。这时候，街道上就会响起一阵尖厉的鼠叫声。

大旦和环环也参加了，因为他们家也发现了老鼠。逮住了，就兴高采烈地到街上展览，逮不住，就去街上观赏。

人贩子赵镇让双沟村的人大吃了一惊。那天，他一个人牵着八只老鼠突然出现在街道上。他又去了一趟北山，领回来一个女人，正准备说给村上的一个光棍做媳妇。

"闪开闪开，我家的老鼠来了。"赵镇一脸风光，边走边说。八只老鼠一溜小跑，满街人发出一声声夸张的惊叫。

老旦是双沟村唯一拒绝参加逮老鼠运动的人。双沟村人的堕落使他寒心，他以为双沟村的人一见赵镇就会恶心。他想错了。他们根本没把赵镇和环环的奸情放在心上。老旦眼睁睁看着他十多天的努力像一堆狗屎一样被风吹干了。赵镇牵着八只老鼠轻而易举地赢得了双沟村人的一片惊叹。最让他受不了的是赵镇经过他家门前的时候好像给环环挤了一下眼。环环竟然没有脸红。环环好像笑了一下。那时候，老旦站在环环和大旦背后，正一眼一眼剜着仇人赵镇。他想他不能再耽搁了，他得行动。他从大旦和环环背后挤出来，跳到街道当中。

"啊呸！"他闭着眼，朝天上喷了一口唾沫星子。

"你们玩老鼠！"他对满街的人说。

"有你们这么做人的么？我白和你们说了十几天的话。有你们这么做人的么？"他说。

他满脸通红，来回走了几步，突然停下来，用一根手指头指着赵镇。

"你们为什么不给他脸上唾！"他说。

人们哄一声笑了。他们觉得老旦和老鼠一样好玩。

"你们等着！他赵镇迟早要弄出人命！"他说。

人们笑得更响了。马林走过来，在老旦的额头上摸着。

"老旦，你怕是病了。"马林说。

老旦拨开马林的手，"哪个驴日下的才病呢！"他说。他鼓着全身的力气朝地上吐了一口。

几天以后，老旦和环环进行了一次严肃的谈话。

"环环，全村的人都知道你和赵镇的事了。"老旦说。

环环顺着眼。她刚洗完碗筷，用围裙擦着手。

"我给你说话哩。"老旦说。

"噢么。"环环说，"你挨家挨户说了十几天，他们还能不知道？"

"我说的都不是捏造吧？你说。"老旦说。

"你这么纠缠我你想做什么？"环环说，"他们早忘了这事。"

"他们忘了我可没忘。"老旦说。

"你没忘你就记着，让它在肚子里给你生儿子。"环环说。

"你应该上吊，给赵镇甩人命。"老旦说。

环环看了老旦一眼，她真想在那张老脸上抓一把。

"我不想死。"环环说。

"我说我要让双沟村的人都知道这事，你说我不让你活人你就死，现在他们都知道了。人说话应该算数。"老旦说。

"我不想死。"环环说。

"你哪怕假装上吊，吊个半死不成?"老旦说，"你一上吊，我就有话找赵镇说了。"

"你真不要脸，"环环说，"我没见过你这么不要脸的人。你逼急了我，我再找赵镇睡，睡给你看。"

"好哇!"老旦叫了一声，"你敢睡，我就敢捉。我正想捉你们一次哩。难怪赵镇给你挤眼的时候你还给他笑。"

"你等着。"环环说。

"等着。"老旦说。

大旦一直没有吭声，他以为环环只是想气气老旦。他没想到环环会真做。

十

环环在村外土坡底下拦住了赵镇。赵镇婆娘拉肚子，赵镇去城里抓药回来，手里提着几服草药包包，刚走下坡就看见了环环。看样子，环环已等了多时。她坐在一块石头上。环环帮工期满以后，他们再没单独见过面。

"姨夫。"环环从石头上站起来，叫了赵镇一声。即使两个人在一起，她也叫他姨夫。

"是环环啊，你在这儿做什么？这么冷的天。"赵镇说。

"我等你哩。"环环说。

"有事？"赵镇四下看了看，狗大的一个人影也投有，便在石头上坐下，"来，坐下说。"

环环挨着赵镇坐下。环环的心咚咚跳了起来，脸突然红了。赵镇看着她的脸。赵镇的气息扑在她的额头上，热热的。

"你说，环环。"赵镇说。

"你去北山的时候，老旦满村里胡说。"环环说。

"你我知道，说让他说去。他说那些话和放屁一样，不咋。"赵镇说。

"我姨没骂你？"环环说。

"骂我？没骂。你姨说老旦不是东西。"赵镇说。

赵镇没说实话。他从北山回来，一进家，婆娘就朝他的肚子蹬了一脚。他扒在炕边上想看看儿子，婆娘一伸脚正好蹬在他肚子上。婆娘说你到街上听去，满村人说你和环环睡觉的事哩我真想用剪刀把你那东西割了，狗改不了吃屎你。赵镇说有气待会儿撒我先看看儿子。赵镇拨开小棉被在儿子的嫩脸上亲了一下。赵镇一亲儿子，婆娘的气就消了许多。婆娘说你看这娃越长越像你了。赵镇说多亏你。这下，婆娘不但消了气，还添了许多甜蜜。赵镇坐在炕边上说，你别信老旦的话，他是个什么人你还不知道？婆娘说环环也不是好货，你弄去，弄烂她我才解气。赵镇说好，好，弄烂她弄烂她，世上的女人都烂了你就成了宝贝。婆娘被逗笑了，说，你总是没个正经。这些话，赵镇怎么能给环环说？

"他让我上吊，给你甩人命。"环环说。

"他是谁？"赵镇明知故问。他感到他身子里正一点点发热。

"还能是谁？"环环白了赵镇一眼。

赵镇用眼睛搜寻了一阵，不远处有个草庵子。

"走，咱去草庵里说话。"赵镇说。他给环环挤弄着眼睛。

"我就想气气老旦。"环环说。环环的心又咚咚跳起来。

"走。这里眼宽，让人看见又该胡说。"赵镇说。

一进草庵，赵镇就扑倒了环环。这时，环环的心不再跳了。她的身体里涌动着一股从来没有过的激情。以前和赵镇在一起，她也许还有些羞耻，现在没有了。她甚至渴望赵镇对她的蹂躏。她觉得赵镇对她越狠，她对老旦的报复也就越狠。我让你再满村里说去。她在心里叫唤着。大旦，这不怪我，这怪你爸老旦，他想让我上吊。我气死你老旦，你为什么不来看！

草庵门口的光亮突然被什么东西堵住了。赵镇和环环吃了一惊。

是老旦。他手里提着一块半截砖头。

坏了。赵镇想。

环环往上翻着眼睛，看着老旦阴森森的模样，不知该怎么办。她想老旦手里的半截砖头很容易砸到她的脸上。

"哈！"老旦叫了一声。

环环出门的时候，他就注意她了。这些天，他一直注意着环环。他想环环也许会找赵镇。他一直看着赵镇和环环进了草庵。他觉得时间差不多了，就朝草庵摸过去，顺手提了一块半截砖头。他把他们堵住了草庵里。

"你要干什么？"赵镇说。他趴在环环身上不敢动。他也怕老旦手里的砖头。

"我要让全村的人来看。"老旦说，"你们别动，谁动我就砸谁的头。"

"你叫人去吧，我们穿上衣服。"赵镇说。

"不要动，你动我就砸。穿上衣服就不好看了。"

老旦说，"总会有个过路的人看见我，我就让他叫村上的人来。"他说。

"你心太黑了老旦。"赵镇说。

环环捂着脸哭了。

"你还有脸哭啊，要哭等村上人都来了你再哭吧，哭个够。"老旦说。

赵镇蛤蟆一样突然一个前扑，从环环的头上跃过去，抱住了老旦的腿。老旦没想到赵镇会来这一手。手举起砖头朝赵镇砸下去。砖头砸在了赵镇的脊背上，赵镇哼了一声，但死不松手。

"环环，快，抱住他！"赵镇说。

环环翻起来，抱住了老旦。他们把老旦压倒了。老旦失眉吊眼喊了起来。

"来人啊，要出人命了！"

赵镇和环环轮换穿好衣服。然后，赵镇骑在老旦身上，捂住老旦的嘴。

"环环你快走。"赵镇说。

环环闪出草庵，一溜烟跑了。

老旦努力想咬赵镇的手指头，怎么也咬不到，喉咙里呜呜响着。

"你现在舒坦了吧？"赵镇说，"是你家儿媳妇送上门来的。水从门前过，哪有不舀一勺之理。这是你常说的话，是不？我今天把这话说给你。你现在舒坦了吧？"

"呜呜。"老旦想把嘴从赵镇手里挣出来。

赵镇松开了老旦的嘴。

"我说的是古人的话，"老旦说，"你让我起来。"

赵镇放开了老旦，老旦爬起来，拍拍身上的土。

"你现在喊吧，叫村上的人吧。"赵镇说。

老旦"呀"地叫了一声，一头朝赵镇撞了过去。后来的事实证明他根本不是赵镇的对手。赵镇拳脚相加，在他的屁股上、大腿上、肩膀上一下一下砸着，踢着。他抱着头缩成一堆。他很后悔他没能拿紧那半截砖头，他想砖现在要是在他手上该多好。赵镇的脚又抬了起来，这一次踢在了老旦的尾骨上。一阵剧烈的疼痛迅速滑过脊背，一直疼到了脖根。老旦呻吟了一声，栽倒了。醒过来以后，赵镇早已不见了踪影，被踢砸过的每一处都一揪一揪地疼。他想他确实被赵镇打了，而且打得不轻。赵镇打得很有章法，他不打人能看见的地方，专打身上有肉的地方。怒火在老旦的身子里燃烧起来，他很快就找到了一个简捷的办法。他先把手捂上脸，慢慢伸开五根手指头，然后一用力，从脸上抓了下去，那张瘦脸上立刻出现了五条鲜明的指印，逐渐由白变红，终于渗出了血珠。他并没有就此罢休。他把手又紧紧地攥起来，牙一咬，挥拳朝鼻子砸去。一股酸辣的眼泪从眼眶里挤出来，唰一声，鼻血如注。他胡乱一抹，那张脸就变成了鬼脸。

"要出人命了！"

他叫喊了一声，从草庵里冲出去。

十一

老旦在炕上整整躺了三天。他拒绝洗脸。

"我疼。"他说。

每顿饭前，大旦都要给他爸端一盆热水，让他擦脸。老旦总是那句话：我疼。

"饭我吃，但我不擦脸。"他说。

大旦很为难。老旦在草庵捉奸反遭一顿狠打的消息很快在双沟村引起一阵骚动。人们又开始说赵镇和环环了，而且，旧事情翻出了新花样。老旦很满意。可大旦的心里却像钻进了毛毛虫，六神无主。被赵镇偷的是他媳妇，被赵镇打的是他亲爸，为男人为儿子都没了脸面，他不知道该怎么办。他揍了环环一顿，环环不哭也不闹，环环说大旦你打我不怨你。第二天起来，环环照样扫院做饭。她就是这么个女人。他想他总不能把环环捏死。

"爸，你擦擦脸，别人看了笑话。"大旦说。

"你嫌难看，是不是？"老旦说。

老旦的脸确实不好看，胡乱抹的鼻血已经干在了脸上，几条指印正在结痂，整个像做出来的一张假脸。

"我已打过环环了。"大旦说，"她像猫一样乖。"

“打她顶尿用。”老旦说。

“那就捏死她？”大旦说。

“我想捏死的是赵镇。你为什么不和他拼命？”老旦说。

“我打不过他。”大旦说。

“我明天就上街去，我让双沟村的人再看看我这张老脸。”老旦说。

“你这是逼我呢！”大旦说，“你想给我难看。”

“你难看什么？赵镇又没打你，你的脸没烂你难看什么？”老旦说。

大旦不敢想象他爸上街的情景。他爸再上街，他就没脸活了。

“你让我想想。”大旦说。

“你想你的，我上我的街。”老旦说，“明天一早我就去。”

大旦一夜没睡。

第二天一早，他把他爸堵在了屋子里。他满脸发绿。

前半夜他摸着环环的肚子，心里弥漫着一种哀伤的情绪。环环真像一只猫，卧在他的大腿跟前，时不时睁眼看他。后来，她便睡了。她睡着的时候也像一只猫，或许是一只猫精。大旦叹了一口气，然后便咬住牙关，开始想赵镇家的那只狗，那只狗凶恶地朝他瞪着眼一声不吭，让他骨子里发冷。不叫的狗才咬人哩，他这么想。整个后半夜他都这么想。

“我给你杀了赵镇。”他说。

老旦把儿子审视了一遍。

“你把卖白菜的钱给我，我去买几条狗。”大旦说。

老旦有些糊涂了。

"赵镇家有狗。我先学着杀狗。"大旦说。

老旦明白了。他从木柜里翻出来一包银钱，甩给了大旦。

"再买一把杀猪刀。"老旦说。

大旦很容易买来了十几条狗。他在双沟村周围查看了一遍，最后看中了那座草庵。草庵原是看瓜用的，现在是冬天，没人去那里。大旦本不想用它，因为一见它就会产生联想，后来又想，有联想也好，更能加深对赵镇的仇恨，他能在那里偷环环打人，我也就能在那里杀狗。他把十几条狗拉进草庵，又磨了几斗玉米，把它们喂了几天，然后磨快了那把杀猪刀，便开始了他的杀狗试验。他把十几条狗一只一只牵出来，用窝窝头招惹它们，让它们向他做出各种扑咬的姿势，然后用那把杀猪刀插进狗的致命处。一只狗死于后扑，两只狗死于侧扑，三只狗死于前扑。他想他要去赵镇家，那只狗正面前扑的可能性最大，所以他在练习刺杀前扑的狗上花的钱和工夫最大。他每天只刺杀一只。他想他不能让它们死得太容易。他要用尽它们的力气。每一只狗都是在做出各种扑咬的姿势之后死去的。有几只狗没伤着致命处，带着流血的伤口跑走了，一路上发出一声声痛苦的哀叫。大旦没追上它们，他为此很后悔。每天傍晚，他都会提着那把沾满狗血的刀子走回家去。

"事情弄大了。"双沟村的人说。

"真要出人命。"他们说。

老旦曾去草庵看过几次，他很振奋。

"大旦，这不只是学杀狗的技术，还练你的心肠呢！练你的胆气呢！"他说。

他感到赵镇的死期不远了。他恨不得赵镇就是那只挨刀的狗。

"大旦，到时候我跟你一起去。杀了赵镇，我立刻洗脸。"他说。

老旦怀着一种激动的心情熬着日子。他觉得时间过得太慢，他有些熬不住了。

"大旦动手吧，我熬不住了，再熬下去我会生病。"他说。

"狗还没杀完哩。"大旦说。

"为什么非要杀完？你就当赵镇是一只狗。"老旦说，"夜长梦多。"他说，"我看就把日子定在腊月初八，赵镇肯定在家。最好不要捅死他，捅他个残废。"

"也许就会捅死他。到时候人心急，刀子就没眼睛了。"大旦说。

"捅死他就便宜他了。捅死他说不定要抵命。"老旦说。

"要抵命你抵。"大旦说。

"我抵。"老旦说，"万一捅死他我就抵。"

腊月初八那天，双沟村的人在恐惧中喝完了腊八粥。赵镇果然回到村上。有人给他通风报信。

"大旦在草庵里杀狗哩。"那人说。

"噢么。"赵镇说。

"他一脸杀气。"那人说。

"噢么。"赵镇说。

"你出去躲躲吧。"那人说。

"躲了初一，躲不了十五，他要杀你，你没办法。"赵镇说。

"也是，你说的也是。"那人说。

喝粥的时候，赵镇想了一下刀子捅进他身体时的情景，他不知道刀子会捅进他的脖子还是肚子，也许是大腿。他感到他的牙齿有些凉飕飕的。他放下粥碗，进了村长马林家。马林喝得太饱，正抚摸着鼓胀的肚子。

"赵镇你来了。粥喝多了，肚子胀得难受。喝的时候只想喝，喝胀了又难受，人真是个贱东西。"马林说，"你坐。"

赵镇说不坐了，有人说大旦要杀我你知道不？马林说我只知道大旦杀狗我问过他他说他心里难受杀狗开心哩。赵镇说他真要杀我怎么办我让双沟村的光棍都娶上了媳妇没功劳也有苦劳吧？马林说清官难断家务事大旦又没说他要杀你这事就不好管。赵镇说大旦的媳妇也是我给他领回来的。马林说人不讲良心你有什么办法？赵镇说你要不管以后就甭想让我再领女人回来我领回来也不给双沟村。马林说村里的光棍差不多都有了女人剩一个两个没关系双沟村的香火断不了，再说你领女人你也没少要钱没少占便宜，你家盖大房的钱是哪里来的？赵镇说我听你说话和放屁一样。马林说我喝胀了还真想放个屁你走吧。

赵镇把马林的话给他婆娘转述了一遍，婆娘说马林算什么村长马林是个屁蛋，然后愣眼瞅着窗户上的麻纸想了一阵，又说，大旦真杀了你，剩我们娘母子怎么办？话音未落，眼泪水已淌过了胭脂骨。赵镇半晌没话，突然抬起头说，大旦也是个屁蛋，弄不好先杀了他。他走出屋门，在院里走了几圈，看着几年前盖的偏房上房，心生出一阵辛酸。人都知道人贩子挣钱，人不知道人贩子的酸苦。更不知道人贩子要被人放血时的酸苦，人里头没一个好东西，人不如一只狗。他这么想着，走到狗窝跟前，蹲下去，对着那只狮子狗瞅了一阵。

狮子狗卧在一堆温热的细土里。细土散发出一股狗臊味，直往赵镇的鼻眼里钻，一直钻进了他的心里。狮子狗也瞅着赵镇，然后站起来摇摇身上的细土，走到赵镇跟前，用头在赵镇的膝盖上蹭着。赵镇把手埋在狗脖子的长毛里抓着。他说狗啊有人要杀我你怎么办？狗没说话。狗当然不能说话。赵镇解开了拴狗的铁链子。

赵镇没有白爱他的那只狗。当大旦提着那把杀猪刀挤进赵镇家的黑漆大门时，狮子狗一口就咬断了大旦的懒筋。它一声也没叫。

十二

刺杀赵镇的行动是从午夜时分开始的。吃过晚饭，老旦把碗一推，给大旦说，磨刀吧。大旦看了老旦一眼，便去提那把刀子。

"我看着你磨。"老旦说。

大旦把磨刀石放在上房厅里，老旦端来一碗水。环环在厨房一边洗涮锅碗，一边往上房厅瞄着。老旦说环环你弄你的事弄完你睡觉去。

"磨吧。"老旦给大旦说。

大旦开始磨刀了。大旦一脸悲壮的神色。风一直刮着，干冽冽的。后来，风小了一些，天上飘下来几片雪花。大旦打个冷战。

老旦看了大旦一眼。

"下雪了。"大旦说。

"冬天当然要下雪。"老旦说。

"冷。"大旦说，"我有些冷。"

"你害怕了。"老旦说，"你看你，一把刀磨了多长时间，半夜了。"

"有一瓶酒就好了。"大旦说。

"现在到哪里弄酒去？喝水吧，热水也能暖身子。"老旦说。

"那就喝水。"大旦说。

大旦一连喝了两碗开水。

"走吧。"老旦说。

"走。"大旦说。

他们打开门一前一后朝赵镇家摸过去。雪不知什么时候停了。风依然刺骨，往他们的脖子里钻着。

赵镇家的门紧紧闭着。他们站了一会儿。大旦冷得牙齿打架。

"前边是个大坑，咱父子俩也得跳。"老旦说。

"要先杀了那只狗。"大旦说。

"这是你的事。"老旦说，"撬门，你先把门撬开。"

大旦把刀从门缝里塞进去，没找到门闩。大旦的心突然狂跳起来。

"门没插。"大旦说。

"那就进。"老旦说。

大旦往握刀的手使了使劲，轻轻推开门，跷进了一只脚，又跷进一只，用眼睛搜寻着那只狗，搜寻着赵镇睡觉的上房屋。院子里一片黑暗。上房屋的飞檐伸在空漾的夜色里。

就在这时候，赵镇家的那只狮子狗朝大旦扑了过去，一口咬住了大旦的脚后跟。咯噌一声，大旦知道他的懒筋被咬断了。他没感到疼。他只感到他身上的汗毛也咯噌了一声，全竖了起来。没等那只狗咬第二口，他就把那把刀子捅进了它的脖子。狗突然松开嘴，侧身跑了几步，倒了下去，浑身打着抖，喉咙里发出一阵含混的呜鸣声，一会儿，就不动了。大旦死死地盯着它。他怕它突然再爬起来。他想它如果再扑过来，他就只有让它咬了，因为他没从狗脖子里拔出那把刀子。

狮子狗没有爬起来，大旦的脚腕却疼痛难忍了。这时，他才感到他白杀十几条狗。那十几条狗没有一条和赵镇的狮子狗扑咬的姿势相似，它们扑咬是为了他手里的窝窝头，而赵镇的狮子狗扑咬就是为了咬他的懒筋。

老旦一进门，就看见了那只狮子狗。

"杀了？"老旦趴在大旦跟前，嗓子激动地颤着。

"它把我的腿毁了。"大旦说。

老旦伸手一摸，摸到一把热乎乎的东西，他知道是大旦的血。一阵揪心的悲哀从他的心底涌上来。他抱住大旦的肩膀放声哭了。

"我的儿啊，啊，啊。"

上房屋里的灯亮了。赵镇披着一件皮袄走出来，看看老旦和大旦，又看看他的那只狮子狗。他蹲在狗跟前，也摸到一把热乎乎的东西，也同样产生了一股揪心的悲哀。他在狗毛上抹着手上的血。

"狗啊！"他叫了一声，抱着一条狗腿哭了，"啊啊啊啊……"

赵镇一放悲声，老旦立刻抹去了老泪。

"你驴日下的还哭？你摸摸狗脖子。那里边有刀子哩。"老旦说，"本来是给你准备的。"

赵镇哭得更伤心了。大旦说回吧。我疼得身上冒汗。老旦说你忍着点，我背你回。他背着大旦，拉开赵镇家的大门，从门槛跷出去。赵镇止住了哭声：赔我的狗！

老旦没有回头，他背着大旦在街道上走着。他听见赵镇的喊声

211

从他的耳朵边擦过去，一直传到村街的另一头。声音比人走得快，他想。

大旦一连贴了二十七贴膏药，伤口终于长出了新肉，但被狗咬断的懒筋再也没长在一起。他成了瘸子。

在他养伤的一个多月中，环环精心地服侍他，给他洗伤口，换膏药。环环的手指头像棉花蛋儿。大旦说环环你的手绵乎乎的。环环说以前更绵哩。大旦说噢噢，你偷男人我还觉得你好你看这事怪不？环环说不怪不怪，过去的事过去了你甭提说。大旦说噢噢，日他妈不提说了。下炕的那天，大旦瘸着一条腿在院子里走了一圈，然后给环环说，环环你看我以后就这样走路了你要嫌弃就另找个人过日子去。环环说我不嫌弃我就跟你过。大旦说你甭再找赵镇。环环说你看刚还说过去的事不提说了。大旦说不提说不提说我真后悔。环环说怎么啦？大旦说我是个笨人跟我爸学种白菜都学不成。环环说没成也好，种白菜也不是什么好营生，你爸种了一辈子白菜也没种出个好日子来。大旦说那咋办不种白菜咋办？环环说想想咱好好想想也许能想出个好营生。

几天以后，一个外村人牵着一只母狗来找大旦。大旦正跛着脚在院子里转圈子。他把那人从头到脚看了一遍，又看着那只母狗，一脸迷惑的神情。

"这母狗发情寻儿子哩。"那人说。

"发情寻儿子怎么寻到我家来了？"大旦说。他有些生气了。

"满世界找不到一只像样的公狗。"那人说。

"噢，噢，难道我家有公狗？"

他想把那人赶出来，"你这不是糟蹋人嘛。"他说。

"看你大旦说的话，"那人给大旦笑了一下，"像样的公狗都让你买走了。"

"噢，噢，"大旦想起来了，"有两只没杀现在可能饿死了。"大旦说。

"咱去看看也许没死，没有公狗咱方圆几个村子就会绝了狗种。咱看看去你就当行善积德哩。"那人说。

环环叫了一声，从厨房里跳出来，说，也许没死，给狗蒸的窝窝头要坏我觉得可惜就把它们倒在草庵里了那时候你的腿伤了没几天。

"看去看去。"外村人说。

他们到草庵去了一趟。草庵周围摆满了狗尸。没杀的那两只狗在草庵里，一只死了，另一只还真活着，只是成了只瘦狗，已没了睁眼的力气。

"你看，它没用了。"大旦说。

"也许你能把它喂起来，"外村人说，"总不能没有公狗。"

大旦想了一阵，说，看你这人是个热心肠，我就试试，过些天你再来。

"一定?"外村人有些不信。

"一定。"大旦说，"你放宽心。怕就怕它不争气。"大旦指着那只公狗。

那人一走，大旦就急急地跛回家。他说环环有了有了咱要来钱了。环环不明白，直勾勾看着大旦。大旦说真有一只公狗没死咱只要一门心思养活它。环环还是不明白。

"配一只狗两块钱。"大旦说。

环环"噢"了一声，到底明白了大旦的心思。

"咱得先养活它。"大旦说。

"那不是个难事。"环环说。

大旦拖着一条瘸腿挖了一个大坑，埋了草庵周围的十几条狗尸。环环每天给那只公狗煮玉米粥。没几天，那只公狗就站起来了。又过些日子，那只公狗就变成了一只真正的公狗，一见母狗，就火烧火燎地扑过去，看得大旦和母狗的主人心里直发热。大旦给那个外村人说我给你少要一块钱你给人传传话就说我大旦要办配狗站谁家母狗发情尽管来。

就这么，大旦很快就把那座草庵变成了配狗站，生意很红火，配狗的人络绎不绝，有时候排着长队。大旦说你们甭排队我家的狗不是机器一天只能配一个，最多两个。

大旦用他的公狗挽救了许多母狗，也挣了不少钱。环环说大旦人都说你是个木头你怎么就灵醒了？大旦用手指头搓搓脖子上的污垢，说，梆子也是木头，一敲怪响。环环说过去你不灵醒是缺敲。大旦说，就是就是，多亏那个配狗的人，他把我敲灵醒了。他驴熊迟来几天就玄乎了，咱的公狗就饿死了。

后来大旦才知道，双沟村方圆几十里的人对养狗突然产生热情和他有很大的关系。他杀赵镇被那只狮子狗挡住了刀子，许多人一提起就激动。他们说狗不但能看门还能救命。大旦说环环你听见了没有？环环说听见了。大旦说这世界真日他娘怪。环环说就是，我也觉得怪。

那时候，他们已正式从家里搬了出来，在草庵旁边盖了一间木屋。他们准备过两年就盖大房。那时候配狗的人依然很多。大旦的种狗已不是一只而是两只了。他从外地又买了一只。他给人吹嘘说是从

214

内蒙买回来的，是牧羊犬，不但跑得快，咬人也不惜力，能下狠口。

他对他爸老旦和赵镇已没了一点兴趣。

十三

赵镇很难过地埋葬了那只狮子狗。他感到狗死得太悲壮了。老旦没有说错，狗脖子里确实捅进了一把刀子，是一把杀猪刀。为了把它拔出来，赵镇很费了些力气。狗血已经凝固，刀子捅进的地方像一个黑洞。狗眼紧紧闭着，嘴却咧开了一点，露出来几颗牙齿，能想见它临死前经历了一段多么难熬的时间。他抚平了狗嘴，又用布条包住了狗脖子上的刀口。狗的死态变得温和了。他把它抱进挖好的坑里，然后填上土。

几天后，他领着外村的一伙地痞二流子来到了老旦家。

"赔我的狗。"他说。

老旦扑闪着眼，把赵镇领来的人扫了一遍。

"它咬断了大旦的懒筋，我找谁赔？"老旦说，"大旦要残废了。"

那时候，环环正给躺在炕上的大旦贴膏药。他们没有出屋。

"上房。"赵镇说。

两个人很快就爬上了房顶。两个人扛来了两根木椽，靠在房檐头。

"赔还是不赔？"赵镇说。

"你敢？你们敢？"老旦冲着房上的两个人说。

"溜瓦。"赵镇说，"谁敢拦就砸断谁的腿。"

"你们要打抢人！"老旦喊了一声。

"溜！"赵镇说。

房顶的人用脚把瓦蹬成一堆，另一个顺着木椽一个一个往下溜。老旦的眼睛黑了一会儿，又红了。他心里像猫爪子在挠，但没有一点办法。

"光天化日，你们打抢人！"他又喊了一声，然后跑了出去。

他一脚就踹开了村长马林家的门。

"赵镇溜我房上的瓦呢！"他说。

"他不会平白无故吧？"马林说。

"他让我赔他的狗。"老旦说。

"我就说嘛，平白无故他就不敢，他吃了豹子的胆？"马林说。

"他偷我家的女人，还要溜我房上的瓦。"老旦说。

"你家女人好好的，可他家的狗死了。"马林说，"两码事，这是两码事。"

"他偷我家的女人就不算了？"老旦说。

"你杀了人家的狗。"马林说。

"我忍不下这口气。"老旦说。

"忍不下气也不能杀人家的狗。"马林说，"你也气他嘛！也偷他家的女人嘛！有本事就偷他家的女人，有本事就气死他，但你不能杀他，更不能杀人家的狗。"

等老旦再回家的时候，上房屋上的瓦已没了。赵镇吆来了一辆马车，把瓦全装走了。院子里一片狼藉。老旦蹲在屋檐下，他很想哭几声。他捂着脸，没哭出来，他想起了马林说的话。马林给他说的时候，他感到那话比屎还臭，现在想起来又有些道理。他想他无论如何也勾引不了赵镇的女人。但勾引不了他的女人不一定就找不到气他的办法。

他很快就有了办法。他做了一件双沟村的人想过却从来也没做过的事情。一天晚上，有人看见老旦扛着一把镢头和一把铁锨出了村。他们有些狐疑，他们说老旦这么晚了你扛着这些玩意儿做什么去？老旦没理他们，他已不想和他们说话了。后来他们才知道，老旦正在挖赵镇家的祖坟。

老旦的心里涌动着一股战斗到底的激情，他不舍昼夜，在乱坟岗里挖着。那些天，赵镇又出门了。有人给赵镇婆娘说了这件事。赵镇婆娘说我不管那是赵镇先人的坟。等赵镇回到村上的时候，老旦挖坟已经结束，他刨出了几根骨头，他把它们用绳子串起来，横挂在他家的门墙上。他手里还拿着一根。他用它拨弄着绳子上的那一串，挨个儿敲着。

"他敲着你先人的骨头玩哩。"有人给赵镇说。

赵镇的脸一阵红一阵白。过了一会儿，赵镇的脸松活了，他笑了声。

"让他敲去。"赵镇说，"死了死了，一死就了，人死了要骨头做什么？他哪怕用那些骨头敲锣呢！"

赵镇的话很快就传到了老旦的耳朵里。那几天，老旦敲骨头敲得已有些厌烦，一听赵镇的话，心里便咯噔响了一声，再也不愿敲了。他揪断了绳子，把那几根骨头扔进了村外的土壕里。

"我治不了他。"他想。他沮丧了一会儿。

"我一定要治他。"他想，两枚黑药丸一样的眼里闪出狼的目光。

他很快又有了新的办法。

他心气平和地找了一次赵镇。

"我想站在你家的粪堆顶上。"老旦说。

赵镇很奇怪，他像看怪物一样看着老旦。赵镇婆娘愤怒地叫了起来。

"不成，你站在粪堆上我怎么屙屎尿尿？"

"成还是不成？"老旦盯着赵镇的脸。

"你不嫌臭？"赵镇说。

"我不嫌。我想我会长成一棵树。粪堆里都是养分。"

赵镇笑了。赵镇说成，你去试试，我可不管你的饭。老旦说我不吃也不喝。赵镇说没准你真会长成一棵树，我把你砍了做箱子柜子。老旦说那得等好多年以后，也许你已经死了。赵镇说那就让我儿子做。老旦说你儿子一打开柜子箱子闻到的全是我老旦的气味。

第二天，老旦就站在赵镇家的粪堆顶上。双沟村的人像看景致一样一拨一拨来到赵镇家的茅厕跟前看老旦。他们抱着孩子领着孩子或者让孩子骑在他们的脖子上嘻嘻哈哈指手画脚品评着老旦站立的姿势。老旦和他们已无话可说。他感到他的脚纹正在开裂，从里边长出许多根须一样的东西，一点一点往粪堆里扎进去，头发则往上伸展着，如果他是一棵树，它们就会分成树杈或者树枝条儿。

选自《杨争光小说近作选》

中国社会科学出版社 1993 年版

作家的话 ◈

我迄今为止的小说，多以农村为背景。我这样做是基于两方面的原因：一是我熟悉他们；其次，我以为中国是一个农民国家，中国的城市是都市村庄。中国农民最原始、最顽固的品性和方式渗透在我们的各个方面。

《我的简历及其他》

推荐者的话 ◈

这篇小说集中反映了杨争光选材、命意、造境、语言、叙述各方面的特点，是他近年创作的一个高峰。杨争光擅长描写西北剽悍凶猛的民风，叙述冷峻而不拖沓，泼辣而不粗鄙，充满塞外野地的语言功力，这使他在新秀如云的当今小说界拥有一个相当醒目的位置。

我们在老旦身上，除了可以看到农民常有的木讷、愚直以及其他种种生活重压之下的扭曲、变形，还可以看到别的作家在农民身上不易发掘的更深层的东西，那种百折不挠顽硬到底的坚韧与桀骜。这或许可以理解为人皆有之的自尊自惜吧？欺凌愈甚，挤压愈甚，这种自尊自惜就愈加强烈，愈显坚韧桀骜。这是一种可怕的复仇意志和巨大的拼斗决心，像岩层下随时都会喷涌而出的一股洪流。这篇小说的妙处在于准确地叙述了这股洪流如何在老旦生命的河床发源，如何慢慢蓄势、涨满，如何拼命争取迅猛一泄尽伸憋屈的通道，最后又如何绕开无穷阻挠，用读者意想不到的方式爆发出来。作者把一股力量的消长过程模仿得惟妙惟肖，从而以无可替代的方式揭示出一个农民的生命底蕴。小说的震惊效果，来自小说家对一种令人震惊的生命意志出色的艺术把握。

郜元宝